요리의 정신

요리의 정신

초판 1쇄 발행 2023년 2월 20일

지은이 박영봉
펴낸이 강수걸
기획실장 이수현
편집장 권경옥
편집 이소영 강나래 신지은 오해은 이선화
디자인 권문경 조은비
펴낸곳 산지니
등록 2005년 2월 7일 제333-3370000251002005000001호
주소 부산시 해운대구 수영강변대로 140 BCC 613호
전화 051-504-7070 | 팩스 051-507-7543
홈페이지 www.sanzinibook.com
전자우편 sanzini@sanzinibook.com
블로그 sanzinibook.tistory.com

ISBN 979-11-6861-129-0 03810

* 책값은 뒤표지에 있습니다.
* 잘못된 책은 구입하신 곳에서 교환해드립니다.

요리부터 식문화까지 요리의 세계를 다양한 시선에서 바라보다.
단지 맛보고 즐기는 것을 넘어서는,
요리의 가치를 찾아서.

요리의
정신

박영봉 지음

맛에 멋을 더하다

산지니

프롤로그

1

이것은 필자가 요리 정신을 찾는 여행의 마중물 같은 이야기다.

십여 년 전 1월, 도쿄 시부야渋谷에서 동행했던 신한균 도예가의 소개로 구로다 구사오미黒田草臣 씨를 만났다. 그는 유명 도자기 전문 갤러리 구로다도엥黒田陶苑의 경영자다.

그날 갤러리에서는 오카야마 지방의 비젠備前 도자기 전시가 열리고 있었다. 구경을 마친 후, 구로다 씨가 고운 보자기에 싸인 상자를 들고 왔다. 구로다 씨는 자기 집안의 가보라는 말을 곁들이면서 보자기를 풀었다.

"이것은 기타오지 로산진北大路魯山人 선생이 빚은 차사발입니다. 선생은 1928년 5월 한 달 동안 한국의 여러 도요지를 답사하고 연구했습니다. 이것은 계룡산 도요지를 답사했을 때 그곳에서 흙을 가져와 빚은 작품이지요."

사발은 두 겹의 상자에 보관되어 있었다. 보자기에 싸인 첫 상자를 열자 안에는 또 하나의 상자가 들어 있었다. 그 상자를 들어내

뚜껑을 열자 비단 보자기에 싸인 사발이 들어 있었다.

상자 속에서 내민 얼굴은 귀얄분청사발이었다. 소위 일본인들이 말하는 하케메刷毛目 다완이었다. 귀얄분청사발 중에서도 가장 높이 치는 계룡산 사발이었다. 너무나 친근한 얼굴을 지닌 우리 사발이었다.

일제시대를 거치면서 우리 도자기에 골몰한 대개의 일본인은 무덤에서 도굴한 것이나 개인이 가지고 있는 것들을 수집했고, 하다못해 도요지에서 사금파리들을 대거 반출해 가기도 했다. 한데 이 사발은 구로다 씨의 말처럼 특이한 내력을 가진 작품이었다.

구로다 씨가 다시 입을 열었다.

"로산진 선생은 제 아버지가 끝까지 모셨던 분입니다. 저는 10대 중후반경까지 선생님을 뵈었는데 할아버지 같은 느낌이었지요. 그땐 몰랐지만 천재 멀티아티스트이자 일본 현대요리의 레전드죠. 하하하."

"일본 현대요리의 레전드?"

"일단 식사를 하러 가시죠."

말을 끊고 그가 안내한 곳은 시부야 에비스恵比寿에 있는 자그마한 요리점이었다.

"아까 제가 일본 현대요리의 전설이라고 했지요? 로산진 선생님 덕분에 저도 미식을 즐기며 살고 있지요. 저도 선생님을 따라가고 있거든요."

그는 자신이 직접 만든 식기를 이 요리점에 맡겨 두고 거기에 요리를 즐긴다며 자신의 그릇에 담긴 요리를 권했다. 그리고 로산진의 예술 세계를 담은 자신의 책들을 소개해주었다.

얼마 후, 조리장이 생선 세 조각이 담긴 은은한 색채의 접시를 들고 왔다. 그러자 구로다 씨는 얼굴 가득 웃음꽃을 피웠다.

"이 그릇은 로산진 선생이 직접 만들고 사용하던 것입니다."

은으로 채색된 그릇에 큰 물방울 문양을 몇 개 입힌 은채 접시였다. 유명 작가가 만든 것만으로도 의미가 크겠지만 가격이 믿기지 않았다. 굳이 거래가로 따진다면 팔천만 원은 넘을 거라는… 내가 지닌 상식 안에서는 있을 수 없는 일이었다. 그리고 저걸 어떻게 실제로 사용할 수 있냐고….

그렇게 나는 로산진을 충격적으로 만났다. 조선의 도자기를 좋아해 옛 가마터를 찾아 연구했던 사람, 조선에서 직접 흙을 가져가 만든 사발에다 차를 마셨던 인물, 그릇을 새로운 차원으로 올려놓은 일본요리의 영웅. 그로 인해 그들의 나라는 미식의 나라라 불리게 되었다는….

나의 이 여행은 기타오지 로산진과의 만남으로 시작되었고, 그 후 나는 그 사람을 샅샅이 뒤져보기로 마음먹었다. 일본에서는 요리 영웅이라 불리는 로산진, 요리에 무슨 영웅이 있냐고 핀잔하겠지만 그는 혁명적 방식으로 현대 일본요리의 선구자가 되었다. 그리하여 나는 지금까지 두 번에 걸쳐 로산진을 소개하였다.

로산진을 부러워한 게 아니라 그를 사랑하고, 그를 따라하며, 그를 즐기고 있는 사람들이 부러웠다. 일본요리가 즐거운 비명을 지를 때는 로산진이 있었고, 일본의 요리에 로산진의 철학이나 메시지가 알뜰히도 실현되고 있음을 알았다.

로산진은 늘그막에도 하루를 시작할 때, 요리계획을 가장 먼저

챙겼다. 그런 그가 죽었을 때, 조문하러 왔던 사람들은 하나같이 장례식장의 음식과 그릇에 매료되었는데, 비록 로산진의 기획은 아니었지만 그 요리들은 로산진의 일상이었다.

2

이니셜 'K'를 마치 대한민국 저작권처럼 인정하는 시류에서 'K-콘텐츠'는 뜨거운 관심사다. 그렇다면 대한민국은 음식으로써 프랑스, 일본, 중국, 터키처럼 미식의 나라로 불리고 있을까. 조금은 막연한 물음이긴 하다. 어쨌든 필자의 대답은 '아직'이다.

한국은 사계절이 뚜렷하며 바다와 육지를 모두 갖춰 다양하고 뛰어난 식재료를 길러낸다. 우리는 그걸 가졌으며, 요리 또한 어디에 뒤질 건 없다. 그중에서도 외국인들이 대한민국의 대표음식으로 인정하는 것은 김치다. 의심의 여지없는 대한민국의 상징적 요리인 김치, 하지만 김치의 현주소는 어떤가.

"2021년도 김치 수출액 약 16억 달러, 12년 만에 처음으로 무역수지 흑자 약 2억 달러….”

이 기사로 지금까지는 참패의 연속이었음을 알 수 있다. 그래도 희망을 가질 만한 부분은 ‘최근 5년간 연평균 수출 증가율이 18%라는 것’ 정도다.

확장하여 우리의 요리는 어떤가. 이 나라를 찾는 이들에게 비명을 지르게 하는 요리를 호명할 수 있는가. 필자는 흔쾌히 그럴 수 없다는 답에서 출발한다. 우리는 왜 다른 나라에 뒤지지 않는 요리역사를 갖추고도 이런 지점에 있는가. 그런 안타까움에서 이 글은 시작되었다.

채소 한 잎, 과일 하나, 쌀 한 톨을 위해 바치는 농부의 시간은 신성하다. 그것뿐일까. 그릇을 만드는 어느 도예가는 자신의 작업을 ‘내 목숨의 시간과 영혼의 숨결이 오롯이 바쳐지는 성전’이라 했다. 일본 중요무형문화재인 와지마輪島 칠기는 나무그릇 기물로부터 무려 133공정을 거쳐 비로소 그릇 하나가 탄생한다. 문양도 없는 단순한 칠기 밥그릇이 그 정도라는 거다.

그래도 그들의 존재 이유는 요리로 귀결된다. 이렇게 요리는 결정체이며 종합체다. 인간은 요리를 빼고는 무엇도 논할 수 없다. 요리의 역사는 인간의 슬픔과 기쁨, 노동과 유희, 처절함과 낭만의 기록이며, 요리는 삶과 죽음의 이야기다. 삶의 목록에 으뜸으로 있는 것이다.

인간은 잠시도 정체停滯하지 않는 존재다. 그건 본능이지만 의지로 나타난다. 그래서 요리 또한 끊임없는 변화와 혁신의 길을 걸어왔고 또 모색하려 한다. 세상 어느 요리도 완성은 없겠지만 끊임없이 그걸 지향한다. 우린 지금 그 어느 지점에 존재하고 있다. 미식의 나라로 불리는 것은 보다 앞선 지점에 있다는 말이 될 것이다.

요리를 단순히 먹고 맛보는 카테고리 너머에서 사유할 때, 우리 요리는 즐거운 비명을 얻을 것이다. '가장 한국적인 것이 가장 세계적'을 넘어 '가장 세계적인 것이 가장 한국적'으로! 이런 가치를 즐기며 풍성한 요리철학의 시대를 맞고 싶다.

나의 빈약함을 알지만 이 담론의 가치를 믿는다. 혹시 우리 요리의 슬픈 부분을 지적하더라도 맵싸한 향신료 맛으로 음미해주시길 바란다.

로산진의 명언 중 하나를 떠올린다.

미식이란 '맛있는 것을 먹는 것'이 아니라 '맛있게 먹는 것'이다.

어떤 것이 맛있는지 두리번거리지 말고 어떻게 먹어야 하는지를 구하라는 말이다. 요리를 넘어서는 그 무엇, 바로 요리의 정신, 철학을 요구한 것이다. 듣는 이가 요리사가 되었든 혹은 아니든 간에….

사진작가 시모무라 마코토下村誠, 신한균 도예가, 구로다 구사오미 씨에게 늘 감사하고 있다.

차례

프롤로그 5

1장 **'먹방' 유감 그리고 K-푸드, 김치**

'먹방' 유감 19
'맛집' 방송의 단골 메뉴 27
맛에 대한 나의 편견 33
김치, K-푸드를 말한다 38

2장 **요리, 그 너머**

요리인의 자격 57
고故 임지호 요리사를 추억한다 61
요리, 그 너머 70
요리의 봄은 언제 오는가 74

그릇이 가벼우면 요리도 가볍다 78
그릇에 대한 예의 83
기타오지 로산진의 그릇 강연 88
식기의 영역 94
주객은 없다 98
공간도 그릇이다 102
커피가 '한 사발'이라니요? 108
미식, '맛있는 것'이 아니라 '맛있게' 113
요리의 완성, 재료 117
요리에서 조화 혹은 궁합 122

3장 **문학으로 음미하는 요리**

위대한 유산으로 남은 고전 하나, 『음식디미방(飮食知味方)』 133
맛있는 집을 순례한 원조, 어느 소설가의 가치 138
일본 다도의 완성자, 센노 리큐의 요리 143
시인 소동파로 공감하는 요리인의 정신 148
생명력 질긴 서민의 음식, 메밀꽃 다시 피다 153
우동 한 그릇 그리고 반인분의 음식 158
국민 식재료 명태, 시가 되고 노래가 되었던 그리움 163

4장 로산진의 요리 정신 훑어보기

로산진과 다도 173
로산진, 은어를 미식하다 176
로산진의 맥주 사랑 184

에필로그 189

부록

일본 요리의 요점, 로산진이 193
신입 요리사들에게 들려주는 요리철학
로산진의 마지막 제자 쓰지 요시카즈가 전하는 이야기 204
요리를 담은 그릇, 그릇에 담긴 요리 209

1장

‘먹방’ 유감 그리고 K-푸드, 김치

‘먹방’ 유감

소위 ‘먹방’이라는 유행어가 대세다. ‘먹는 방송’을 줄인 말인 듯한데, 스포츠계에서 돈값을 못하는 유명 선수들에게 주로 쓰이는 ‘먹튀’처럼 부정적 이미지의 연상이 일어나곤 한다. 이유라면 요즘 ‘먹방’이 연출하는 추하고 해괴한 장면들 때문이다.

‘먹방’의 홍수 속에서 생각한다. 방송에서 보여주는 일부 행위들을 보면, 소비를 진작하는 일도 아니고, 오락의 목적에도 벗어난다. 더구나 청소년을 생각하면 도대체 무슨 짓인지 알 수가 없다. 쇼 프로그램인 것을 잘 알지만 ‘먹는 것 가지고 장난치는 거 아니다’는 말이 그렇게 적절할 수가! 하는 탄식이 터지는 요즘이다.

〈한국인의 밥상〉처럼 일관된 주제를 맛깔나게 보여주는 프로그램도 간간이 눈에 띄긴 한다. 일정 부분 방송의 역할을 다하려는 노력을 볼 수 있으며, 우리 음식에 대한 서사시의 일부로 남을 만하다.

시간이 많이 지났지만, 엄청난 제작비와 시간이 투입되었다고 알려진 〈누들로드〉 같은 고품격 다큐멘터리도 있었다. 국수라는 음식을 통해 인류 음식 문명을 조명하거나 국가별, 지역별 면 요리를 통해 하나의 식재료로 인류의 삶을 담백하게 보여주었다.

또한 〈요리인류〉라는 프로그램도 낙원의 향기 스파이스, 불의 맛, 모험의 맛 커리, 생명의 선물 고기, 위대한 진화 김치 등 다양한 주제로 인류의 사랑받는 요리를 안방으로 전달하며 요리에 대한 인식을 넓혀주었다. 하지만 그 어디에도 그릇이 없는 요리였다는 점에서 요리에 대한 인식의 한계를 보여준 게 아닌가 하는 아쉬움을 가진다.

음식을 소재로 하는 방송이 쏟아지는 것은 경제적 풍요가 가져온 자연적인 현상이다. 하지만 많다는 것이 꼭 다양함으로 이어지는 게 아님을 잘 안다. 의미 있는 콘셉트를 찾는 것이 방송의 역할과 고민일 터이지만 도저히 그냥 봐줄 수 없는 방송 그리고 재방송들이 이곳저곳에서 전파를 날리고 있다.

음식문화도 추구하는 단계가 있다. 요리를 하나의 예술로 받아들이는 시각이 그것을 말해준다. 보다 나은 음식문화, 합리적이며 이상적인 요리를 지향하는 것은 당연한 길이다. 하지만 그 길에서 역행하는 조악한 '먹방'은 어찌할 것인가.

특히 이런 장면은 경악스러울 정도이다.

장면 1

방송이 시작되면 3, 4명의 출연자가 식탁에 둘러앉는다. 그저 평범한 몸매의 젊고 예쁜 아가씨들이다. 10분도 채 안 되어 100개의 꼬치구이를 먹어 치운다. 어떤 출연자는 양손에 꼬치 3개씩을 들고 이쪽저쪽 두어 번 훑어 빈 꼬치 6개가 남게 한다. 곧이어 갈빗살 10인분을 추가 주문한다. 순식간에 빈 접시다. 그러고도 상상을 넘는 주문은 계속된다. 매우 익숙한 장면이니 계속되는 주문을 늘어놓는 것은 의미가 없다.

식당 주인의 믿을 수 없다는 표정을 카메라가 간간이 잡아준다. 그 장면을 바라보는 스튜디오의 진행자들은 감탄과 놀라움을 덧입힌다.

장면 2

이번엔 육중한 몸매의 출연자들이다. 메뉴가 뭐가 되었든, 어떤 상차림이든 상관없다. 입은 가능한 한 크게 벌리고 게걸스럽게 먹어준다. 많이 먹는 것이 기본이다. 한입에 얼마나 많이 욱여넣는가가 더욱 중요한 장면이다.

어떤 때는 근육질의 스포츠맨이 얼굴 크기의 고깃덩이를 뜯는데 순식간에 뼈만 남는다. 어떤 때는 먹고 난 후, 몸무게가 얼마나 늘었는가를 측정하기도 한다. 평소 몸무게에 민감한 사람들도 부끄럼 없이 체중계에 오른다.

장면 3

이번엔 외국이다. 장소와 음식이 다를 뿐, 콘셉트는 다를 게 없다. 게걸스럽게 먹어대고 맛있다고 엄지를 치켜세운다. 신기한 듯이 바라보는 음식점 주인의 표정을 클로즈업시킨다. 돈을 써가면서 국제적 망신까지 사 먹고 있다.

걸신乞神이라는 말이 있다. 빌어먹는 귀신이다. 늘 빌어먹다 보니 항상 배고프다. 그러니 음식만 봤다 하면 달려들어 먹어 치운다. 위 장면들을 보면서 떠오르는 단어가 바로 '걸신증후군'이다.

나름대로 콘셉트가 정해져 있는 쇼 프로그램임을 왜 모르겠는가. 출연자들을 비난하자는 것이 아니다. 그들이 극본에 충실했다면 오히려 박수를 받아야 할 일이다. 하지만 방송을 기획한 부류들에게는 아니다. 의도를 이해했다고 결과적 현상을 용인해서는 안 된다.

우선, 많은 프로그램이 기획 의도도 불분명하지만 내용마저 비슷하다. 등장인물과 음식과 공간이 다를 뿐이라면 지나친 표현일까. 기획은 가장 공을 들이는 부분이어야 하는데 출발부터 기승전결이 없다. 하물며 오락과 재미를 추구하는 코미디 프로그램이라 하더라도 사회와 시대적 공감에서 나와야 하는데 말이다. 부실하고 가벼운 시나리오가 첫 번째 도마에 올라야 한다.

그리고 기획자는 출연자 캐스팅에 사활을 건다. 어떤 분야에서 활동하는 사람이건 유명세를 타는 스타들이 표적이다. 그 자체가 문제일 수는 없다. 어차피 그들 스스로 공인이라 자처하기도 하며,

특별한 존재가 아니라 우리의 이웃이라는 친근함을 주기도 한다. 하지만 그런 섭외는 시청률에만 방점을 찍은 것이다. 프로그램 예산이 거의 출연료로 소진되더라도 말이다.

음식 방송인데도 음식을 대하는 기본적인 자세가 결여되었다는 점은 가장 치명적이다. 파격과 충격적인 장면을 연출하는 데에만 골몰해 있다. 무식하게 마구 퍼먹는다고 맛있다는 것이 아님을 알고 있다면 요리의 본질을 무시하는 행태이고 그걸 보면서 역겨움을 느끼는 양식 있는 시청자들도 무시하고 외면하는 일이다.

사자가 물소 고기를 찢어 먹는 듯한 연상을 일으키는 장면에서는 인간의 야만성을 그대로 드러내 보이기도 한다. 도대체 청소년들이 어떻게 받아들이겠는가. 직접 수확하고 요리로 만들어보는 농장 체험을 통해서 먹거리의 소중함을 체득하도록 하는 사람들의 노력을 일거에 망가뜨리고 있다.

또한 기아에 허덕이는 나라에서는 하루에 굶어 죽는 사람들이 얼마나 많은가. 하긴 그런 프로그램은 이런 반론을 하는 것이 뜬금없다고 할 게 분명하다.

우리 먹방에는 왜 그릇이 없는가. 이 테마는 앞으로 지나치리만큼 반복할 내용이라 여기서는 환기하는 정도로 접는다. 우리 먹방에는 향신료나 식재료에 대한 꾸준하며 근본적인 그리고 다양한 접근은 왜 보이지 않나. 김치나 된장 등을 말로는 세계적이라 앞세우면서도 왜 방송에선 보여주지 않나.

그런데 프로그램을 기획하는 사람들이 이런 현실적 평가를 몰라서 그렇게 할까? 그게 더 무서운 일이긴 하지만 그들도 분명히 알고 있다. 그렇다면 도대체 왜 기획자들은 도전하지 않을까?

가장 큰 요인은 방송의 존립이 돈에 좌우되는 것이다. 공영방송은 좀 차이가 있지만 방송국도 시장의 논리를 따른다. 그게 바로 광고나 협찬과의 동행 이유다. 방송이 지닌 파급력을 이용한 광고에서 기업과 방송국의 이해관계는 너무나 절묘하게 맞아떨어진다. 당연히 시청률이 높으면 광고료도 높다. 결국 프로그램의 성패는 시청률이라는 결과로 판정난다.

이 너무나 당연하고 합리적인 관계가 소위 '먹방'의 저질스러움을 가져오는 아이러니를 연출하게 된 것이다. '먹방' 콘텐츠가 대세를 얻으면서 상대적으로 높은 시청률을 끌어내기 위한 전쟁을 치른다. 새로운 기획도 중요하지만 상대보다 유명한 출연자를 캐스팅하는 데 사활을 거는 것이다. 이미 유리한 시청률을 선점한 상대를 짧은 시간 안에 제압하는 길은 비슷한 콘셉트에 뭘 더하면 될 것인지 생각해보면 쉽게 결론이 나오기 때문이다.

이 정도는 매우 기본적인 과정이지만 그다음이 문제다. 보다 많이 먹을 수 있어야 하며, '게걸스럽다'가 적절한 표현이 되도록 구성해야 눈길을 빼앗아 올 수 있다는 발상이다. 육중한 몸매의 출연자가 자장면 곱배기를 단 한 번의 젓가락질로 해치울 수 있다면 곧장 대한민국의 '먹방신'으로 등극할 것이다. 이 지점에서 참신한 것, 새로운 것이 저질스러움과 혼동된다. 충격적 장면을 만들어내기 위한 노력이 결국 '먹방'의 역겨움을 낳은 것이다.

이렇게 시청률에 목숨을 거는 것은 기본적으로는 당연하다. 적은 예산으로 보다 높은 시청률을 만들어내야 하는 생리에 충실하게 된다. 그러다 보니 별 새로울 게 없는 극본에다 무리함을 첨가하는 것이다. 편의성이 작동하며, '새로움'은 가장 쉬운 쇼킹한 장면 연출로 이어지는 셈이다.

방송은 문화의 리더이다. '먹방'도 쇼 프로그램이라 하지만 언론이라면 언론이다. 따라서 언론의 역할이나 영향력에 대한 성찰이 있어야 한다. 메이저 언론일수록 그 영향력이 어떠한지는 누구나 알고 있다. 거짓이라도 언론이 옳다고 한목소리를 내거나 노출 빈도를 높이면 사실이 되기도 한다.

그런데 방송이 추구할 바가 재정적 현실과의 충돌에서 밀리면서 지금의 현상을 낳았다. 예산을 면죄부로 삼는 것은 아닌지 의심스럽다. 독립영화 한 편이 수백억 쏟아부은 영화보다 뛰어난 작품인 경우도 있지 않은가. 소위 가성비 뛰어난 작품들은 얼마든지 있다. 보다 근본적인 연구와 기획으로 유익하고 새로운 그리고 시청률도 높은 프로그램을 내놓을 수 있다. 그게 그들의 존재 이유인데도 현실의 이런 결과는 방송의 책임이다.

이유 없는 무덤은 없다고 했다. 예산이 적은데 어떻게 차별화하겠느냐는 기획자의 하소연이나 방송국의 절박함도 이해한다. 이렇게 방송을 몰아붙인다고 해서 퍼진 들불이 쉽게 꺼지지는 않을 것이다. 괜한 트집일 수도 있다.

한발 물러서서 방송에다 한마디 해야겠다. 방송이 힘이 센 게 잘못이라면 잘못이다. 하지 말라는 게 아니라 힘의 분배를 부탁한다. 그 힘을 진정한 음식문화를 이끄는 프로그램에도 나누어달라는 것이다. 그런 프로그램을 모조리 없애자고 소리를 높이는 게 아니다. 그럴 수도 없다. 그 또한 자본주의의 한 속성이다.

답답해서 그랬다. 그들의 힘이면 가능한 것들을 알아달라고 생떼를 쓴 것이다. 보고 느끼는 게 있는데 입 닫고 있자니 안달이 난 모양이다. 품격과 정신이 있는 우리의 요리를 위하여 좀 덩치다운 넓이와 깊이도 추구해달라는 것이다.

'맛집' 방송의 단골 메뉴

음식을 주제로 하는 홈페이지, 페이스북 등 SNS는 때론 TV를 뛰어넘는 파급력을 지니기도 한다. 사람들은 그들이 소개하는 식당으로 몰려다닌다. 오늘도 소위 '맛집'이 수를 늘릴 것이다. 통계를 낼 수는 없지만 TV, 신문, 잡지까지 합치면 그 수는 가히 상상할 수도 없을 것이다. 이젠 '맛집' 아닌 집이 어디 있을까 싶을 정도다.

그러다 보니 어떤 집은 몇 번이나 노출되기도 하지만, 되레 방송이나 취재를 거절하는 집들도 생겨났다. 오래전에 서양인이 일본 음식을 평가할 순 없다며 음식점 평가 잡지인 미슐랭 가이드 취재를 거절한 도쿄 유명 식당의 자존심과는 거절의 이유가 좀 다르겠지만 그것이 더욱 궁금증을 자극하기도 한다.

"아, 대단한 자존심이네."

"그래, 저런 당당함이 있어야지."

역발상인지도 모르겠다. 실제 보여줄 게 없는 건지, 그런 데 연연하지 않는 대범함인지, 아님 귀찮은 것인지는 모르지만 오히려 시청자의 구미를 당기기도 하는 것이다.

"감히 우리가 취재를 한다는데 거절을 해?"

방송은 화를 낼 수도 있겠지만, 이미 강산도 지형도 많이 변했다. 골리앗의 치욕이며, 꺼낼 수 없는 해묵은 바람에 불과하다. 그렇게 방송은 시류에 맞춰가며 '맛집' 늘리기를 계속하고 있다. 그 익숙한 현장 속으로 들어가 보자.

으레 등장하는 현장 손님에게 마이크를 들이댄다.

"이 집 30년 단골인데 맛이 한결같아요."

혹은 무슨 중독성이 있다는 듯한 코멘트는 객관성을 확보하는 단골 메뉴다. 그것이 한 사람의 주관이라 하더라도 호평을 받아온 맛을 지키려는 주인의 노력과 열정을 드러내는 데 효과적이다. 그러나 이 표현이 지닌 막연함과 중복적인 사용에 씁쓸함이 앞선다.

'저분은 나이가 드셔도 미각이 변하지 않는가.'

'절대 미각을 지닌 것일까?'

정말 맞는지 궁금하기도 하지만 공식처럼 등장하는 멘트이기에 신뢰는 없다.

정말 치밀하게 계량화된 같은 음식이라도 맛은 손님에 따라 다르다. 하물며 식재료나 맛이 수십 년간 변치 않다니…. 나이에 따른 미각신경의 변화 같은 건 차치하고서라도 맛은 변하는 것이다. 음식의 맛도 변하며 개인의 미각도 변한다. 더 낫게 변할 것은 반드시 변해야 하는 대신 절대 변하지 말아야 할 것은 변하지 않아야 한다.

방송은 이제 다음 문답으로 이어진다.

"맛의 비밀이 이것인가요? 알려주시면…."

"아, 이건 우리 집의 비법이라서…."

이 '비법' 역시 손님이나 시청자는 알 필요도 없는 것이지만 이 식당의 격을 높여주는 장치다. 잘나가는 맛 칼럼니스트나 셰프가 동행하는 경우, 주인이 제공하는 약간의 힌트를 통해 영양학적 혹은 미각적으로 보충 설명이 더해지며, 비법을 이 집의 신비나 비밀로 남긴다.

그렇다고 경쟁의 세계에서 돈과 시간을 투자해 찾아낸 숙성방법, 재료의 혼합비율, 가미하는 재료 등등 그들이 밝히기 꺼리는 것을 공개하라는 것이 아니다. 실은 각기 비법을 다르게 말해도 돼지불고기 맛집은 많지 않던가.

〈쿵푸팬더〉라는 애니메이션을 보면 이런 장면이 있다. 팬더 '포'의 아버지는 국수집을 운영했다. 아들에게 비법을 알려주고 대를 잇게 하고 싶었지만 포의 관심은 용문서를 얻어 쿵푸 천하제일이 되는 데 있다. 결국 용문서를 받지만 비기秘技가 없는 백지였다.

그제서야 포가 물었다.

"아버지, 우리 집 국수의 비법이 무엇이죠?"

"음… 사실은 말이지, 비법 따윈 없단다. 특별하다고 믿으면 그게 특별 비법이야."

물론 자신에 대한 믿음이 초월적인 힘을 가져온다는 걸 알려주는 비유이긴 하지만 비법에 대한 지나친 신비화나 특화를 남발해서는 곤란하다. 사실 따지고 보면 비법 없는 집이 어디 있으랴.

아이러니한 것은 그런 비법을 지닌 '맛집'들에서도 이런 코멘트가 종종 나온다는 것이다.

"역시 집밥 먹는 기분이야."

혹은

"어머니 손맛이야."

그런 노하우와 비법을 가진 집에서 먹는 음식이 집밥과 어머니 맛이라니! 물론 맛이 좋다는 단순한 은유임을 왜 모르겠는가마는 우린 늘 이런 시나리오에 익숙하다.

유명 탤런트들이 죽어라고 찾는다는 어느 할머니 칼국수집 이야기를 해보자. 팔순의 할머니가 힘겹게 반죽을 하는 손칼국수다. 가격이 엄청 저렴한데 수십 년간 자리를 지켜왔다. 멸치 육수에 굵직하게 썬 면을 넣고 MSG를 친다. 약간의 채소, 고명을 얹는다. 끝이다.

"MSG를 왜 넣죠?"

취재기자가 요즘 방송은 솔직해야 한다는 너스레를 떨며 묻는다.

"이걸 넣어야 맛이 나지."

할머니는 무슨 뚱딴지 같은 소리냐며 웃으며 대답한다.

사실 할머니 칼국수 가게에서 요리가 무엇인지, MSG가 무엇인지, 맛집이 무엇인지 물어서는 곤란하다. 단골들이 그렇게 찾는 이유는 그들이 가진 어떤 맛에 대한 기억일 것이다. 어머니의 손맛을 찾는 건 어릴 적부터 길들여진 맛에 대한 그리움이다. 아마 그들은 수십 년 생업에 인고의 세월을 견뎌왔고, 그래도 자장면 한 그릇 값도 안 되는 가격으로 내놓은 그 할머니의 정신에 공감한 게 분명하다.

어머니의 손맛이란 할머니도 겪으셨을 곤궁한 시절을 버티던 눈물겨움이다. 함부로 은유해서는 곤란하다. 할머니의 비법은 오랜 세월 성실하고 힘겹게, 저렴한 가격을 고집하며 오늘에 이른 것이다. 거기에서 MSG는 할머니의 여러 비법 중의 하나다. 그것에 딴지를 걸 이유도 없으며, 걸어서도 안 된다. 단 그 유명 탤런트들이 지금도 할머니 가게를 찾고 있는 것을 보면, 그곳은 순전히 그들의 맛집임에는 동의한다.

때론 음식의 어마어마한 가짓수로 주눅 들게 만드는 '맛집'의 경우도 가볍게 짚고 싶다. 우리 음식문화의 특징 중 하나가 음식을 푸짐하게 제공하는 것이다. 손님을 맞는 가장 중요한 예의는 전통적으로 '상다리가 부러지게' 차리는 것이었다. 뜻이 매우 아름다우며, 손님의 입장에서도 온몸으로 감격할 일이 아닌가 할 것이다.

하지만 이제 왜 스무 가지, 서른 가지가 넘는 반찬이 필요한지 돌아봐야 한다. 영양학적으로 접근하더라도 그럴 필요가 없다. 또한 식사 이후 벌어지는 쓰레기 문제로 보더라도 부추겨야 할 일이 결코 아니다. 사실 음식쓰레기 문제는 요리의 정신을 탐색하는 일과는 비교할 수 없는 지구의 심각한 환경문제로 등장했다.

가짓수가 많음을 탓하는 게 아니다. 그런 점을 클로즈업하는 것은 고려해야 한다는 거다. 가짓수가 주인의 지극한 정성임은 분명하지만 알차고 건강하고 맛있는 음식은 결코 가짓수에 있지 않다.

요리하는 사람의 입장에서도 그만한 가짓수는 늘 스트레스로 작용할 것이다.

같은 재료지만 향신료나 소스를 달리할 때 탄생하는 다양한 맛의 세계는 오묘하기 이를 데 없다. 맛과 건강을 위한 식당의 고민과 노력들을 왜 모르겠는가. 그러니 방송이 취재를 계속하려 한다면 취재하는 입장에서 '맛집'의 개념을 달리해야 한다.

맛은 때론 길들여지기도 하고 미각이란 구체적이기도 하지만 추상적이기도 하다. 이렇게 '맛'이라는 복잡하고 오묘한 의미를 통해 새롭게 나서야 한다. 보여주는 것만이 방송의 역할은 아닐 것이다.

방송으로 인한 발품이 비난으로 돌아서게 해선 안 된다. 맛집이 그들의 추천만큼 맛난 사람도 있겠지만 그 때문에 헛발품을 판 사람도 있으려니. 소재의 부족을 미화로 덮어서는 곤란하다. 좋은 집을 소개하려는 방송의 역할은 현실을 직시하는 데서부터 출발해야 한다.

차별화된 노력으로 자신의 업이나 가업을 이으려는 요식업계 분들에게 찬사를 보낸다. 하지만 방송은 절대적 찬사로 포장해서는 안 된다. 식당마다 차별화된 맛을 위해 노력하듯 프로그램도 차별화를 고민해야 한다. '맛집'보다는 '멋집'으로 넓혀가면 어떨까. 소재도 무궁무진할 것이며, 음식문화 수준도 업그레이드될 것이다.

맛에 대한 나의 편견

'맛있다는 것', 보여줄 수가 없다. 그것의 다른 표현은 무엇일까? 매운탕이라면 '시원하다', '화끈하다'인가? 숙취를 가진 사람이 말하는 '속이 확 풀린다'인가? 혹은 속된 말로 '죽인다'며 엄지를 세우기도 하는데 그런 것인가? 아무리 말해보았자 '맛'이란 건 명쾌하지 않다.

맛이란 '몸의 기억이나 반응'이 아닌가 생각한다. 샹들리에가 눈부신 카페에서 파전을 떠올리는 것은 무모하다. 빗소리가 함께하는 선술집이나 포장마차에서는 파전의 '맛'이 보다 '맛있'게 느껴진다. 왜 그럴까? 맛나던 파전의 기억은 그렇게 공간과 맺어져 있는지도 모른다.

지고至高의 맛은 없다. 관념일 뿐이다. 그 맛을 알고 즐기는 사람이 있다면 그는 분명 우리와 많이 다른 사람이거나 상상력이나 묘사가 뛰어난 언변가일 것이다. '맛' 칼럼니스트라고 내세우는 사람들이 좀 그런 성향이 있다. 음식이면 음식이지 '맛'이라고 하니 좀 거북하다. '미각이란 절대적인 것이라 상황에 따라 달라져선 곤란하다'고 자신 있게 말했던 기타오지 로산진 같은 사람도 있겠지만 말이다.

지고의 맛, 그것은 또 하나의 소설적 상황을 연출하는 것일 뿐이다. 맛의 환영을 좇아 환상적 감각으로 지어내는 게 아닌가 생각한다.

일본 후쿠오카의 캐널시티 안에 있는 라멘집들은 점심 때는 거의 줄을 서야 한다. 요즘은 우리나라 식당 중에서도 줄을 서는 곳이 생겨나고 있지만 한때 한국 사람들에게는 낯선 장면이었다. 거기엔 일본의 3대 라멘이라고 하는 하카타, 가타키타, 삿포로가 모두 있다. 집에 따라 줄의 길이도 확연히 다르다. 수요가 많아서 정체되기도 하지만 대개는 인터넷을 보거나 소문을 듣고 '맛집'이라는 생각으로 줄을 선다. 줄이 긴 곳이 맛있겠지 하는 단순한 심리도 있을 것이다.

줄이 긴 곳이라고 맛이 특출할까? 꼭 같은 재료로 하나의 요리를 내는 식당이 줄지어 선 곳에서라면 모르겠지만 적어도 그건 아니었다. 먹어본 경험으로 확신한다. '그래도 같은 하카타 라멘 중에서는 어느 집이 좀 나은 듯하다'는 각자의 느낌은 인정한다. 당연히 맛이 좀 나은 곳이 있다. 그러나 줄을 서지 않는 곳보다는 '나은 듯'이 정답이다. 그 미세한 맛으로 애써 자위하면서 기다림의 보상을 받는 게 우리가 아닌가 한다. 따라서 지고의 맛을 함부로 말할 게 아니다. 미세한 맛의 차이가 이유라면 할 말은 없다.

고독한 미식가의 맛도 맛이지만 하루를 홀딱 굶은 방랑자의 맛도 맛이다. 맛있어서 혼자 콧노래를 부르며 먹을 때가 가끔 있다. 정말 맛있어서 노래가 나온다. 1시간 반의 운동이 끝나고 이틀 정도 술을 마시지 않은 몸 상태가 기본이다. 물론 걱정거리가 끼어들지 않은 정신이어야 한다. 점심으로 먹는 한 그릇의 라면일지라도 노래를 이끌어낸다.

다시 말하지만 지고의 맛은 단정할 수 없다. 미각은 절대적일지 모르지만 인간이 느끼는 맛이란 상황과 정신이다. 푸아그라 요리가 바닷가재 요리보다 맛있다고 하는 어리석은 사람은 없을 것이다. 푸아그라는 확실히 맛이 독특하다. 그렇다고 샤스핀보다 맛있다고 말할 수는 없다. 두 사람의 푸아그라 요리 중 어느 것이 맛있느냐는 거야 게임이 될 수는 있겠다.

후쿠다 가즈야의 『나 홀로 미식수업悪女の美食術』이라는 책이 일본에서 인기가 있었다. 우리나라에는 원제와 좀 다른 제목으로 출간되었다. '혼자 먹는 음식에 익숙하라. 진정한 맛을 추구한다면 그렇게 하라. 맛있는 요리 외에는 신경을 끊어라' 정도의 메시지를 지닌 에세이다. 자신의 본 모습을 알아가는 과정으로 미식을 제시하고 있다.

일부분 공감을 한다. 하지만 지극히 주관적인 책이라는 것이 필자의 결론이다. 그가 느낀 것을 부정하는 것이 아니라 그의 의도가 그랬다. 프랑스 요리에 대한 극찬을 하면서 미슐랭의 별을 찾아 미식여행을 하는 것 등은 미식수업일 수도 있지만 결국 요리를 대하는 자신만의 이야기였다. 그 책이 주목을 받은 것은 열정 그리고 선입관에 대한 도전 두 가지 정도 때문이었다. 가치는 있지만 수긍은 쉽지 않다.

지고의 맛을 전제로 찾아다녀야 한다고 하는 부분은 여전히 문제였다. 작가가 그걸 의도하지는 않았겠지만 자칫 그 같은 미식 근처에도 가보지 못한 사람들의 '맛'은 하찮은 느낌으로 비치기 때문이다.

지고의 맛, 혹은 황금비율 같은 것은 없다. 맛은 자신이 맛있다고 하는 느낌에 길들여지는 것이다. 자신의 몸으로 기억하는 것이며, 만일 새로운 것을 먹었다면 또 그렇게 될 것이다.

〈라따뚜이〉라는 애니메이션의 마지막 장면에서 음식평론가 안톤 이고가 했던 말을 들어보자.

"요리비평가란 직업은 참 편하다. 별 수고도 하지 않고 남이 정성껏 만든 음식을 맘껏 먹고 비판할 특혜를 누리고 있으니까."

"아무리 보잘것없는 음식이라도 그 음식에 대한 어떤 평가보다는 훨씬 더 큰 의미를 갖는다."

처음에는 하찮은 요리라며 스스럼없이 펜을 놀리고, 모든 셰프를 두려움에 떨게 했던 이고였다. 그런 그가 왜 스스로에게 칼을 들이댄 것일까. 라따뚜이, 바로 어린 시절 시골에서 먹었던 라따뚜이의 맛을 기억해냈기 때문이다. 이 시대에도 맛 칼럼니스트들은 혹시

자기기만을 하고 있는 건 아닌지 우선 스스로를 맛보아야 한다.

다시 첫 질문의 답을 생각해보았다. '맛있다는 것', 그것의 다른 표현은 '행복하고 즐겁다'가 아닐까 하고.

김치, K-푸드를 말한다

원조는 없다

김치라는 요리는 예술에 비유하자면 종합예술에 가깝다. 그 다양함과 깊이는 어떤 요리에 비해서도 떨어지지 않는다. 그러기에 김치를 둘러싼 이야기는 국가적 차원의 과제로 언급되는 것이며, K-푸드는 김치로부터 시작하는 것이다. 원조 논쟁이라는 것도 김치의 위상을 말해주는 즐거움으로 받아들일 수 있다고 생각한다.

'K-문화'라는 신조어가 유행이다. 세계적으로 인기를 끄는 한류 콘텐츠를 일컫는 말이다. K-드라마, K-영화, K-팝 등 누구나 아는 이야기다. 우리의 위상을 보여주는 객관적 현상이다. 어깨에 힘을 줄 만한 일이다. 이런 데서 간간이 일어나는 충돌이 원조 논쟁이다.

'K-팝'의 상징이 되어버린 BTS. 한데 그들의 음악은 우리 전통의 것인가? 어느 소설에서 제 자식이 아닌 걸 알면서도 '발가락이 닮았지 않느냐'고 자위하듯이, 우리는 춤사위가 워낙 뛰어난 민족이라 할 건가. 그게 사실이라 해도 이 세상 그 누구도 수긍하지 않을 것임은 너무도 자명하다.

곧바로 정답을 말하자면, 우리나라 가수들이 대세를 장악한 음악 장르가 되었으니 'K-팝'이 된 것이다. 우리가 붙인 이름이 아니라 저들이 'K-팝'이라 불러주지 않나?

한때 일본의 저녁 퇴근 시간에 차량이 정체되는 이유 중 하나가 우리 드라마 방송 시간대 때문이라는 이야기도 있었다. 그들이 좋아하여 'K-드라마', '한류'가 된 것이다. 'K-팝', 'K-드라마'란 용어는 어떻게 생각하는가. 우리글인 한글로 표현하지 않았다고 혀를 찰 일인가.

우리의 세계적 인스턴트 푸드인 라면은 어떤가. 이 역시 어느 나라로부터 시작되었는지 어느 정도 밝혀져 있다. 그러니 중국의 납면인가, 일본의 라멘인가는 호사가들의 몫일 뿐 의미도 가치도 없다. 지금 한국의 라면은 압도적 인지도와 사랑을 받고 있다. 역사적으로 일본이 먼저 수출했다고 하더라도 이미 라면의 대명사는 한국이다.

각 재난현장에 공급되는 세계적인 구황식품인 라면은 우리가 인구 1인당 가장 많은 소비를 하고 있다. 처음부터 라면을 사랑하고자 하여 사랑한 것은 아니다. 그간의 사정이야 어찌 되었건 많이 소비하니 많이 생산하게 되었고 또한 품질도 우수해진 것이다. 결국, 우리가 사랑해서 만들어낸 결과다.

치킨을 빼놓을 수가 없다. 2022년 어느 요식업계에서 발행하는 잡지 1월호에 이런 내용이 실렸다. 농림축산식품부가 한식진흥원과 해외 주요 17개 도시에 거주 중인 현지인 8,500여 명을 대상으로 '한식 소비자 조사' 결과를 발표한 것이었다.

'… 한식 취식 경험자가 자주 먹는 한식 메뉴는 한국식 치킨(30%)이며, 김치(27.7%), 비빔밥(27.2%), 떡볶이(18%), 김밥(15.3%) 순이었다….'

이 조사의 신뢰도와 상관없이 우리 스스로 얼마나 치킨을 좋아하는 민족이 되었는지 체감하고 있다. 물론 세계적으로 가장 많이 먹는 육류가 닭고기임을 안다. 닭을 재료로 한 요리는 면 요리인 국수처럼 세계적이다.

그래서 '한국식' 치킨이라 하였을 것이다. 〈요리인류〉라는 프로그램에서, 뉴욕에서 활동하는 두 명의 유명한 닭요리 전문 셰프가 한국식 치킨에서 영감을 얻거나 기법을 빌렸다는 인터뷰를 했다. 닭요리는 이렇게 누구의 것이 될 수 없다. '한국식'도 그렇게 붙은 것이다. 다시 말하지만 우리는 얼마나 치킨을 사랑하는가. '치맥'도 만들고, 수백 개의 프랜차이즈가 난무하는 나라이니 닭요리가 발전할 수밖에 없는 것이다. 원조는 별 의미가 없다. 있다 해도 늘 바뀌는 것이다.

햄버거도 현재의 모습을 갖추기까지 매우 복잡한 역사가 있었다. 그래도 소위 원조는 있을 것이다. 하지만 우리나라에선 햄버거 하면 맥도날드가 떠오르니 미국을 떠올린다. 햄버거가 어느 나라에서 시작되었든 간에 미국에서 시작한 맥도날드가 돈을 가장 많이 벌고 있는 것만은 분명한 사실이다. 미국인의 애용에서 시작된 것이다. 일본의 유명 음식인 스시는 어떤가. 2008년 『보스턴 글로브』 기자 사샤 아이센버그가 『스시 이코노미』란 책을 내놓았다. 거기에 들어 있는 내용이다.

"1972년 여름 26kg의 참다랑어 한 마리가 트럭에 실린 채 캐나다 동부해안을 떠나 36시간 만에 미국 뉴욕의 JFK 국제공항에 도착했고, 다시 JAL의 DC8에 실려 14시간의 비행 끝에 도쿄 하네다 공항에 내려졌다. 스시가 일본의 국민음식에서 글로벌 문화상품으로 발돋움하는 첫걸음을 내딛는 순간이기도 했다."

스시가 참치로 국한되는 것은 아니지만 그로부터 스시는 거대 무역의 일부가 되었다. 스시로 파생되는 수많은 요리는 이미 전 세계에 퍼져 있다. 우리에게도 스시 문화는 깊숙이 자리 잡았다. 일본에서 개발한 회전초밥이라는 '구루구루 스시'도 오래전에 수입되었다.

한글 순화라며 스시를 초밥이나 생선회라 한들 원조인 일본에서는 신경 쓰지 않을 것이다. 일본 스스로 스시를 사랑하고 애용하고 있다는 점만 중요할 뿐이다. 그래서 스시는 스시일 뿐이다.

원조논쟁 따위로 헛심을 빼지 말자는 것이다. 방치하자는 것이 아니라 이미 20년 전에 김치를 CODEX(국제식품규격위원회)에 한국

고유의 식품으로 인정받은 것처럼 국가적 노력은 계속되어야 한다. 중국이나 일본이 눈독을 들이는 것은 그만큼 김치가 대단하다는 방증일 뿐이다.

원조논쟁에 대응하는 것보다는 K-콘텐츠처럼, 라면처럼, 치킨처럼 우리의 관심과 사랑을 키워야 할 일이다.

김치의 클래스, 어디로 가나

문화는 강물과도 같다. 어디서 발원했든 길이 있는 곳으로 흐르고 또 다른 물줄기와 섞이면서 강은 새로워진다. 그게 여기에서 시작되었다고 소리를 높인다거나 설사 그걸 알아준다 해도 별 소용은 없다. 원조란 흘러가는 물을 잘 활용했다는 것이다. 강은 계속 흐를 것이고 또 누군가 새로운 원조가 될 것이다. 인류를 위한 축복으로 기꺼워하며 받아들여야 한다.

우리의 김치는 종합예술에 비유할 만큼 한마디로 정의하기 어려운 음식이다. 김치 사전을 편찬해야 한다고 해도 억지는 아닐 것이다. 이 대단한 김치는 누구의 것인가. 이 물음에 이렇게 답을 내려보고 싶다.

'우리의 것이지만 그 누구의 것이기도 해야 한다.'

우리 민족의 힐링푸드이며 소울푸드, 김치란 물건은 대체 무엇인가. 김치의 길은 '네 시작은 미미하였으나 그 끝은 창대하리라'는 성경 구절과 흡사하다. 김치는 흔하디흔한 채소로 시작했지만 궁핍한 삶에서 생명을 지켜주었고, 지금은 우리 음식의 상징이 되었으니 말이다.

김치는 우리 겨울 밥상 이야기의 일부였다. 가을걷이가 끝나고 겨울나기 준비가 시작된다. 된장으로부터 간장, 고추장이 탄생하고, 김치는 배불뚝이 옹기 항아리에서 익으며, 기나긴 겨울은 김치와의 동행이었다.

어느 나라 어느 지역 할 것 없이, 음식은 그곳의 독특한 자연환경으로 인해 생겨난 것이 대부분이다. 자연은 극복하는 것이기도 하지만 순응하는 것이기도 하다. 오스트리아에서 많이 생산되는 양배추는 통째로 4~5분간 데친 후, 일정 온도가 유지되는 땅속에 차곡차곡 보관하면 3년도 가고 4년도 간다고 한다. 긴 겨울을 버티는 지혜를 찾아낸 것이다.

김치도 상황의 논리에서 접근하면 그러했다. 김치도 냉정하게 말하자면, 원래 발효와 숙성을 거친 웰빙 음식으로 만들고자 의도했던 게 아니라 오랜 저장을 원했던 결과물이다.

김치는 이미 우리 몸에 매우 유익한 발효 건강식품으로 인정받았다. 그러나 우리가 섭취하는 음식치고 몸에 해로운 것은 없으니 김치만이 특별한 것은 아니다. 그런데도 김치가 우리의 대표적인 음식이 된 이유는 무엇일까.

첫째, 김치는 무한한 확장성을 지녔다.

우리 김치는 그 역사에 비해 어마어마한 확장성을 가진 음식이다. 크게는 북쪽과 남쪽의 김치가 다르고, 내륙과 해안이 다르며, 산골짜기와 평야의 김치가 또 다르다. 정확히 하자면 집집마다 다른 게 김치다. 땅덩이가 작으니 공간적으로야 내세울 건 없다. 하지만 천의 맛이라 할 만한 다양함으로 자신의 영역을 넓혀왔다.

김치라는 음식의 카테고리에 들어가는 공통된 레시피는 존재하지만, 사용하는 젓갈, 양념의 다양함을 넘어 과일, 채소, 생선의 가미 등으로 말하자면 분명 천의 얼굴과 맛을 지닌 음식이 김치다. 김치는 여타의 음식에 비해 차원이 다르다. 속된 말로 클래스가 다르다고 할 수밖에 없다. 우리가 김치를 대하는 마음으로 보아도 틀림없다.

그래서 세계무형문화유산으로 지정될 때 타이틀이 '김장, 담그고 나누는 문화'였던 것이다. 어설프게 장삿속으로 고춧가루에다 간을 입혀 흉내낸 중국산 김치는 그저 배추나물의 한 종류일 뿐이다.

둘째, 김치는 수용과 변용의 대명사이다.

우리 민족은 계절마다 다르고, 재료에 따라 다르게 김치를 만들어왔다. 냉장고를 열어보면 여러 종류의 김치가 들어 있을 것이다. ○○김치, ○○○김치 등 김치는 그 영역을 거의 무한대로 넓힐 수 있다. 기본적으로는 배추김치지만 무, 파, 갓을 비롯해 깻잎이나 산나물 등도 김치로 태어났다. 상추나 부추, 미나리를 겉절이 김치로 뚝딱 만들어 먹기도 한다.

김치는 조미료나 향신료로 버무려내지만 재료나 계절, 지역에 따라 각기 다른 음식으로 탄생한다. 같은 재료라 하더라도 다른 이야기와 맛이 들어 있는 음식이다. 그것이 김치문화가 가지고 있는 수용과 변용의 힘이다.

김치는 그런 상징적인 의미가 있는 음식이다. 새로운 음식이 탄생하는 인프라 같은 음식이 김치다. 따라서 어떤 한 가지를 지나치게 신비화하거나 고집하는 것은 아무런 도움이 되지 않는다. 지킬 것과 버릴 것을 구분해야 한다.

예를 들어, 방송에서 자주 보는 것 중 하나가 묵은 김치에 대한 미화다. 묵은 김치 또한 훌륭한 재료인 것은 분명하다. 즉, 묵은 김치에 어울리는 요리는 묵은 김치가 아니면 그 맛을 내지 못한다. 고등어찌개에 갓 담근 김치를 넣는 짓은 말도 안 되는 일이다.

문제는 묵은 김치에 대한 맹목적인 미화 혹은 신비화다. 3년을 묵혔네, 4년을 묵혔네 하면서 무슨 대단한 보약이나 되는 듯 자랑한다. 저장기간과 김치의 품질은 전혀 다른 관계로 봐야 한다. 그것은 김치를 오래 저장하다 보니 나온 요리법의 일부일 뿐이다.

김치를 우선 과학적이고 객관적으로 봐야 한다. 김치는 물리 · 화학 · 미생물학적 복합과정을 거치는데 맛과 영양학적으로 가장 우수한 시기는 과학적으로 밝혀졌다. 대개의 입장을 정리하면 김치냉장고에서 20주 정도를 생각한다. 물론 맛은 사람마다 다를 수 있다. 바로 그날 담근 생김치 혹은 일주일 정도가 최고라고 단언하는 사람이 있을 수 있다.

갓 담근 배추겉절이는 그것대로, 일주일 삭은 김치는 그것대로, 3년 묵은 것은 묵은 것대로 맛도 전혀 다르며 다른 음식이다. 이것은 수용과 변용이 뛰어난 김치가 만들어낸 문화이다. 김치의 위대성 중 하나이다.

김장 문화가 유네스코 세계무형유산으로 등재된 지 10년이 되어 간다. 김치의 진화는 끝이 없으며, 지금 우리가 누리는 김치의 향연은 누구의 것이라도 될 수 있다. 세계도 인정하는 바인데 즐거운 일만은 아니라 한다면 그건 왜일까. 아직 '세계 속의 김치'라는 명함은 억지스럽다는 것이다. 김치의 세계화, K-푸드의 과제이다.

어느 방송국에서 유명 외국인 셰프 둘을 모셔다가 김치 품평회를 열었다. 김치 명인이 김치를 담그는 과정을 지켜본 일본 셰프는 '단연코 절임과 발효음식으로는 한국의 김치가 최고'라며 엄지를 세웠다. 김치가 '정신이 깊은 음식'이라는 것이다. 그는 김치에 담긴 정성과 열정을 함께 본 것이다.

그의 말이 맞는다거나 틀리다는 것이 아니다. 그렇게 세계 최고의 음식으로 인정받았다고 해서 세계화가 되는 것은 아니다. 맛의 세계에는 '절대'가 있을 수 없다. 맛은 길들여지는 것이고, 그렇게 일반화로 나아가며 하나의 문화로 자리 잡는다는 점에서 김치의 길을 찾아야 한다.

공간의 확장은 곧 세계화를 의미한다. 그러나 맛의 보편화는 쉽지 않다. 특히 자극적인 냄새나 맛을 지닌 음식은 더 그렇다. 그 나라에서는 인기 주전부리나 혹은 요리인데도 이방인들에게는 도저히 다가갈 수 없는 음식들이 많다. 그렇다 보니 그런 음식을 대상으로 혐오식품 리스트가 만들어지기도 한다.

우리 청국장은 특유의 고약한 냄새 때문에 외국인에게는 매우 어려운 음식이다. 그와 비교할 수 있는 것이 일본의 낫토納豆이다. 냄새의 정도, 재료나 균의 차이, 제조법이 약간 다르긴 하지만 낫토에서 어떤 단서를 찾을 수 있다.

낫토는 청국장과는 비교할 수 없을 정도로 일반화되어 있다. 여기서 일반화란 상업화를 말한다. 비즈니스 호텔의 반찬으로 낫토가 나오는 것은 매우 보편적이다. 또한 낫토 오차즈케도 있고, 밥이나 우동에 얹어 먹는 것도 일상이다.

낫토의 고장이라는 이바라키 미토시에서 낫토 콘테스트를 개최했는데, 낫토 두부 돈부리, 낫토 라멘, 낫토 오므라이스 등 300여 개 이상의 낫토요리가 출품되었다고 한다. 그보다 중요한 것은 오래전부터 꾸준히 세계화에 도전하고 있다는 점이다.

김치는 낫토나 청국장에 비할 바는 물론 아니지만 외국인에게는 자극적인 맛의 정도에 따라서 어려운 음식이 되기도 한다. 이것이 위대한 김치를 세계 속으로 보내기 위해 풀어야 하는 숙제이다.

어떤 음식을 받아들일 때는 처음이라 하더라도 개인차가 있다. 그걸 떠나 일반적인 예를 하나 들어보겠다. 필자는 일본인 학자와 도예가에게 김치를 선물하는 경우가 많았다. 한국을 대표하는 음식이기도 하지만 그들이 좋아하기 때문이었다.

그들은 우리 가정이나 식당의 김치를 좋아하는 편이 아니었다. 일부러 김치를 찾아서 먹는 정도도 아니었다. 한데 어느 유명 식품회사에서 만든 특정 김치는 사뭇 달랐다. 그 김치를 보내주면 그렇게 기뻐할 수가 없었다. 지나칠 정도로 감사나 미안함을 표현하는 일본인 특유의 의례적인 그것이 아니었다. 옆집과 맛있게 나눠 먹었다며 은근히 다음을 기약하는 뉘앙스를 남기곤 했다.

왜 그럴까. 당연히 필자도 맛보고 비교해보았다. 한국인이라면 누구나 예상할 수 있겠지만 그 김치는 덜 맵고 자극이 적었다. 그렇다고 얕은 맛은 아니었으며, 김치의 메커니즘을 제대로 갖추었다. 나에겐 아주 작은 차이에 불과했으며 맛이 약간 다른 김치였지만 그들에겐 아예 다른 음식으로 다가간 것이다. 김치는 그런 확장과 변용이 무한하다는 속성을 지녔다. 이것이 김치의 길을 시사한다고 나는 믿는다.

김치의 세계화는 일반화이며 상업화이다. 이런저런 비법을 내세우며 신비화를 부추기는 시각은 도움이 되지 않는다. 그런 건 또 다른 원조논쟁일 뿐이다. 꼭 짚고 넘어갈 일이다.

장인들의 김치가 더욱 돋보이는 것은 당연하지만, 그것은 인정의 선에서 끝나야 한다. 그것이 훌륭하다면 그 지점에서 오히려 일반화를 지향해야 한다. 어떤 의미에서는 '김치는 김치일 뿐이다'는 새김도 필요하다는 말을 하고 싶다.

방송을 보다 보면 '10년 묵은 된장'이니 '370년 지켜온 씨간장' 혹은 '4년 묵은 김치' 등을 종종 들을 수 있다. 당연히 300년이 훨씬 넘도록 지켜온 의미는 그 자체만으로 존중하고 이어가야 할 무게를 지녔다. 다만 숫자로써 과장하는 걸 경계하고자 할 뿐이다. 이런 것에 매몰되는 것이 신비화의 시작이기 때문이다.

어찌 보면 우리의 K-푸드는 과거지향적인 면이 보인다. 정신보다는 우리 것을 지키고 사랑해야 한다는 강요가 깔려 있는 건 아닐까. 오히려 바뀌어야 한다는 강요가 필요한 현실임은 분명한데 말이다.

무엇이나 마찬가지지만 김치의 원조를 지켜내고 사랑하고 싶다면 신비화나 차별화보다는 상업화, 세계화를 지향해야 한다. 그들이 김치 맛에 길들여지기를 기다리는 게 아니라 길들여야 한다. 그것이 세계화이다. 김치 전문가라면, 요리사라면 자신의 일이다.

지금 백화점이나 마트에는 제법 많은 종류의 김치가 나타나고 있다. 그러나 김치의 위상에 비해서는 아직 요원한 느낌이다. 세계인의 입맛을 사로잡는 연구나 노력이 미진하다는 뜻이다.

배추와 고춧가루로 연상되는 김치만을 말하는 게 아니다. 우리 김치문화는 잠재력이 아니라 이미 현실적으로 어마어마하다. 이젠 그들을 길들이기 위한 노력을 주문하는 것이다. 김치가 아니라 우리 문화에 길들이는 것이다. 그것은 국가의 힘으로 축적된다. 반복하지만 김치는 그럴 힘을 가지고 있다.

또한 김치의 세계화는 우리 아이들 교육으로부터 시작해야 한다.

다행스럽게도 아이들을 대상으로 한 여러 가지 김치가 출시되고 있다. 물론 돈이 되는 훌륭한 아이템이기에 놓칠 수 없었겠지만 우리 음식의 미래를 위해서 더욱 그러해야 한다.

지리산에 사는 어떤 김장 전문가는 아이들을 위한 된장, 간장 담그기 그림책을 펴내기도 했다. 학교에서 아이들이 직접 장을 담그고 맛을 보게 하는 주제였다. 참으로 훌륭한 작업이라 생각한다. 이렇게 자란 아이들이 비로소 우리의 음식 전수자가 되는 것이며, 또한 개척자가 되는 것이다.

유럽에서 유치원 아이들이 씨앗을 뿌려 채소를 기르거나 그것을 수확하고 요리해서 먹는 체험은 잘 알려져 있다. 이렇게 어린 시절부터 하는 먹을거리에 대한 교육은 미래를 위한 투자다. 건강이나 영양학적인 걸 넘어 문화를 이해하고 또 계승하는 작업이기도 하다.

생선회라면 사족을 못 쓰는 일본인은 고래와 참치의 남획으로 세계의 지탄을 받고 있다. 그래도 그들이 방어나 참치 해체 작업을 아이들 교육프로그램으로 넣어 일찍이 그들의 문화를 전수하는 점은 인정해 줄 만하다.

무모하다고 여길지도 모르지만 김치 학교를 만드는 것도 생각해 본다. 국제한식조리학교라는 곳에 전통김치 제조실습이라는 과정이 있는 것은 알지만 전체 교육과정으로 미루어 볼 때 가벼운 느낌이다. 된장과 김치를 묶어 대한민국의 전통음식문화의 요람으로 만들었으면 하는 바람이 공염불이 되지 않았으면 한다.

마지막으로 이야기 하나를 덧붙여 김치에 대한 관심을 부추기고 싶다.

일본 도쿄에 어떤 평범한 회사원이 있었다. 그녀는 늘 같은 일에 또 여유 없는 회사 생활에 지쳐갔다. 퇴근 후 가까운 친구와 음료를 마시면서 수다를 떠는 게 유일한 재미였다. 어느 날 친구가 한 말이 너무나 의외였다.

"넌 말이야. 멘타이코 이야기를 할 때는 신이 나는 것 같더라."

멘타이코는 일제강점기에 일본인들이 부산의 명란젓을 보고 그들 음식으로 만든 것이다. 지금 일본 규수의 거대 음식산업이 되었다.

그녀는 놀랐다. 평소에 아주 특별히 생각했던 음식도 아니었고, 친구도 별 의미를 두지 않은 말이었는지도 모른다. 하여간 그 결과 그녀의 인스타그램 타이틀은 '하루에 하나의 멘타이코 음식'이 되었다.

멘타이코 요리에서 시작해, 멘타이코 모양의 모자를 쓰고, 멘타이코 티셔츠에 네일아트 등 그녀의 삶과 냉장고는 멘타이코로 가득했다. 사람들의 반응은 가히 폭발적이었다. 사람들의 관심은 쉬 이해하기 어려웠지만 그녀는 달라지기 시작했다.

결국 그녀는 회사를 그만두고 후쿠오카로 이사를 결정한다. 단지 멘타이코와의 유별난 동행을 위함이었다. 이젠 기존의 SNS 활동을 넘어 멘타이코 제조회사를 하나하나 취재하기까지 이르렀고, 그녀는 지역 라디오 방송사에서 고정캐스터로 일하게 되었다.

"이번 달의 멘타이코 요리는 무엇인가요?"

그녀는 라디오 진행자의 물음에 행복한 답을 들려주는 인물이 되었다.

이것은 오래되지 않은 실제 이야기다. 지금도 그녀는 멘타이코 대사로 활동하고 있을 것이다. 그녀도 방송도 멘타이코도 행복한 일이다. 현재 일본 멘타이코 회사는 상품별로 수십 배의 가격 차이를 가지는 품질 향상을 이뤄냈으며, 각양각색의 아이템을 개발하고 있다고 한다.

왜 이걸 말하는가. 명란젓과 김치를 비교하는 것은 있을 수 없다. 아무리 명란젓이 일본에서 유명하다지만 김치의 차원으로 말할 수 없다. 그게 국수주의적이라 지적한다 해도 바뀔 것은 없다고 확신한다.

'명란젓과 김치'가 아니라 우리의 관심 영역을 말하는 것이다. 어떤 한 개인의 취미 활동을 자기 지역의 산업과 곧바로 연계할 줄 아는 그런 방송사의 진정한 관심에 방점을 찍어 볼 일이다.

지역방송은 지역문화가 인프라다. 그렇기에 방송은 일본 명란젓의 본고장 후쿠오카를 잊지 않았다. 후쿠오카 명란젓은 지역사랑에 뿌리를 내리고 무럭무럭 자라 일본 열도로 뻗어갈 것이다. 수요는 공급을 결정하지만 품질 또한 이끌어낸다. 그래서 일본 명란젓의 미래는 더욱 밝지 않을까.

우리 방송 혹은 먹방에서도 그렇게 덤벼들어(?) 김치를 띄울 순 없을까 하는 아쉬움에 공감했으면 좋겠다. 혹시 김치의 확장성과 상징성에 확신이 없는 걸까? 알면서도 뜻이 부족한 걸까? 아이디어가 모자란 것일까? 별의별 생각이 든다.

지금까지 K-푸드를 생각하면서 김치를 새로이 보았다. 김치라는 강은 지금 막 새로운 물줄기와 합류했다고 여기면 어떨까. 원조는 명멸하는 것이며, 만드는 자가 잠시 누리는 몫일 뿐이지만 원조는 개척하는 정신이다. 김치나 한복을 자기네 것이라 우기는 것은 힘을 믿는 원시적 도발일 뿐이다. 우리 스스로 사랑하고 애용하는 것이 원조의 처음이며 끝이다.

김치가 누구의 것인가 묻는다면 '우리의 것이기도 하지만 그 누구의 것이기도 해야 한다.'

이것이 첫 부분에서 제시했던 답이며, 그것이 김치의 오늘과 내일의 모습이기를 간절히 바란다.

2장

요리, 그 너머

요리인의 자격

오래전 이야기인데 일본 교토에서의 일이다. 점심을 일본 라멘으로 해결할까 하여 교토역에 있는 조그만 식당에 들어갔다. 500~600엔 정도 하는 비교적 저렴한 라멘집으로 기억한다. 한쪽 벽면 장식장에는 다양한 종류의 사발이 진열돼 있었다. 자동판매기에서 식권을 끊어 주인에게 내밀었다. 놀라운 일이 벌어졌다. 손님에게 자기가 사용할 라멘 사발을 선택하라는 게 아닌가.

요정 같은 고급 음식점에서라면 놀랄 일은 아닐 것이다. 에비스惠比寿에 있는 요리점에서의 일이다. 손님을 맞은 주방장이 술잔 상자를 내밀며 손님 앞에 무릎을 꿇었다. 네모 상자엔 다양한 종류와 크기, 모양의 술잔 열댓 점이 진열되어 손님의 선택을 기다렸다. 그때는 그것이 우리와 다른 문화라고 생각하면서도 비싼 요리 가격 때문이라고 넘겨짚고 말았지만 라멘집의 경우는 달랐다. 몇 사람 앉지도 못할 선술집 같은 식당이었기에 놀라운 사건으로 각인되었다.

'가장 위대한 요리는 가장 단순한 요리'라고 주장하며 메뉴와 식탁의 간소화를 이끌었던 프랑스 요리사 오귀스트 에스코피에. 가난한 대장장이의 아들로 태어났지만 수천 가지의 요리를 개발한 '요리의 제왕'이었다.

"두 시간 동안 이 식탁은 나의 왕국이라고 느낄 수 있도록 하며, 독실한 신자에게 미사를 집전하는 사제의 마음으로 요리한다."

그는 손님이 누구인가가 아니라 요리사가 어떻게 해야 하는가를 말했다. 이런 배려를 받는 손님의 행복을 상상할 수 있을 것이다.

일본 다도에 '일기일회一期一會'란 말이 있다. 비단 다도의 철학만은 아니다. 인생도 한 번이지만 모든 만남도 생애 단 한 번의 인연이라는 의미다. 일본 전통 다도에서 매우 중시하는 정신이다.

일본에는 차회기茶會記라는 것이 있는데 이른바 차회를 연 날의 기록이다. 언제 어떤 참석자들이 어떤 음식을 먹었는지를 기록한다. 사용한 찻사발을 비롯한 온갖 다도구나 족자, 향로, 꽃꽂이 등도 마찬가지다. 왜 그런 기록을 남겼을까? 여러 이유도 있겠지만 '일기일회'를 실현하기 위해서다.

일본 히로시마에서 조그만 병원을 경영하는 분의 차실에서 두 차례 차를 대접받은 적이 있다. 인상적인 것은 찻사발이 매우 많았다는 것이었다. 종류뿐만이 아니고 한국, 중국, 일본의 것 모두 있었는데, 슬쩍 비치는 말에 의하면 소장하고 있는 사발이 백여 개에 달한다고 했다. 게다가 찻사발 하나의 가격이 우리 돈 1억 원에 가까운 것도 많다고 했다.

다도란 수행이며 탐냄을 다스리는 일로 알고 있는데, 왜 그렇게 비싸고 많은 찻사발을 가졌을까 하는 의구심이 일었다. 그분은 이에 대해 '손님을 배려하기 위해서'라고 했다. 일기일회란 말처럼 지난 만남은 이미 사라진 것이다. 따라서 언제 만나든 첫 만남이며, 단 한 번의 만남처럼 정성을 다해야 한다는 의미였다.

그렇다면 오히려 백 개로도 모자라지 않을까 하는 생각이 스쳤다. 주인은 손님을 감동적으로 모시기 위해 때론 욕심(?)마저 부려도 괜찮지 않을까 생각했다. 이처럼 주인의 자격은 끊임없이 생각하고 노력해야 주어지는 것이다.

가난한 부부 이야기를 다룬 수필이 있다. 아내는 돈 벌러 나가고, 일자리가 없는 남편은 밥상을 차렸다. 어느 날 쌀독을 보니 쌀이 한 줌밖에 없었다. 반찬거리도 물론 없었다. 남편은 상을 차려 놓고는 울적한 마음에 집 밖으로 나갔다. 곧 아내가 돌아와 밥상보를 들췄다. 상에는 밥과 한 종지의 간장, 그리고 쪽지 한 장이 있었다. 남편의 마음은 '왕후의 밥, 걸인의 찬'으로 표현되었다. 그 한마디로 소박하지만 이 세상에서 가장 아름다운 차림멋이자 따뜻한 밥상이 되지 않았을까?

주인의 자격, 요리인을 말한다. 자격은 곧 품격이어야 함을 말한다. 필자는 요리사가 아니다. 훌륭한 요리, 황홀한 맛으로 손님을 사로잡는 요리를 말하고자 하는 게 아니다. 소고기의 다양한 부위의 맛과 조리법을 말하고자 하는 게 아니다. 소위 비법이라 하는 육수 이야기 등속도 아니다. 오묘하리만치 뛰어난 조리법, 레시피는 많고도 넘친다. 그건 요리사가 뽐내야 하는 게 아니라, 칼을 놓는 순간까지 연구하고 집중해야 하는 매우 당연한 일이다.

그렇다고 굳이 값비싼 그릇이나 음식을 요구하는 것만도 아니다. 요리, 그 너머에서 찾아야 할, 상대를 지극하게 맞는 정신이 요리의 대전제임을 말하고 싶은 것이다. 일종의 의식 혁명을 꿈꾸는 것이다.

고故 임지호 요리사를 추억한다

2021년 6월 12일, 대한민국 요리계에 큰 슬픔이 찾아온 날이다. 산당 임지호 요리사의 부음을 말하는 것이다. 그가 남긴 자취로 보면 나만의 생각이 아님은 분명할 것이다.

그는 '나에게 요리를 배우려 들지 않는 사람들'이라는 표현을 쓴 적이 있다. 자신을 바라보는 시각을 드러낸 것이라기보다는 자신의 요리를 제대로 이해하고 구현하기 어렵다는 걸 시사했다고 믿는다. 언젠가 필자가 그를 찾았을 때, 경기도 양평 '산당 요리연구소'에는 10년간 프랑스에서 요리를 공부한 외국인 셰프가 산당의 요리를 배우고 있었던 걸 기억하기 때문이다. 임지호는 분명 쉽지 않은 요리사였다.

그와의 첫 만남은 참으로 오래전이다. 1997년 겨울쯤으로 기억하는데 그가 양산 통도사 부근에 머물 때였다. 필자는 당시 통도사 산문 밖 막걸리집에서 '차몰사람들'이라는 시동인 모임을 갖고 있었다. 한 달에 한 번인가, 준비해 온 시를 읊고 품평회 비슷한 시간을 가졌다. 그러다가 결국 노래와 음주로 밤을 새웠는데, 자칭 '대한민국 시인', '궁극의 시인'이라 호기를 부리는 물건들이 많았다.

그런 소문이 그를 불러들였는지는 모르겠다. 어느 날, 스스로 주막을 찾아왔는데, 그의 이력으로 미루어 짐작하면 그가 이미 자신만의 요리 세계를 확립했을 시기로 보인다. 아마 전국의 산과 들을 헤매면서 자연의 식재료를 섭렵하고 있었을 것이다.

술을 즐기지 않는 그였지만 유쾌하게 어울렸고, 미소가 떠나지 않는 얼굴과 누구에게도 달리지 않는 입담이 인상적이었다. 그렇게 한동안 자작시를 들고 와 함께 밤을 지새웠다.

그가 떠난 후 얼마나 지났을까, '방랑식객'이라는 별칭으로 불리는 그를 TV를 통해서 보았다. 그때 필자는 『요리, 그릇으로 살아나다』라는 책을 집필하고 있었는데, 그를 보자 곧바로 책의 마지막 부분을 구상할 수 있었다.

2008년 6월, '산당'에 전화를 넣었다. 십 년이라는 시간이 사이에 있었지만 그와의 통화는 예상 외로 간단하고 쉬웠다. 언제든지 와도 좋다는 것이었다.

당시 필자의 책은 그릇에 방점을 찍고 있었기에 다양한 그릇 15점을 준비해 그를 찾았다. 숲으로 싸인 산당에는 조용한 음악이 깔려 있었다. 식사는 예약만 가능했고 점심으로 끝내는 시스템이었다.

그릇을 펼쳐놓고 자신의 요리에 맞는 걸 고르도록 부탁했다. 임지호 요리사는 무려 4시간 가까이 요리에 몰입했다. 요리를 마무리할 때는 정원을 뒤져 장식을 찾아 올렸다. 꽃양귀비, 보리수 열매, 한련화, 달맞이꽃….

그날, 샥스핀 같은 고급 요리도 있었는데 돈 한 푼 받으려 하지 않았다. 책의 기획의도가 맘에 들었다는 것뿐이었다. 예약도 아니었고 영업시간도 아니었는데 특별히 요리해준 저녁식사는 내 생애 최고의 만찬이었다.

에피소드 하나를 소개한다. 그날, 『마음이 그릇이다, 천지가 밥이다』라는 그의 책에 서명을 요청했을 때의 일이다. 그는 볼펜을 들고 서명을 시작했는데, 그의 눈은 책이 아니라 나를 바라보고 있었다. 서명은 계속되었다. 사실 그림이라 해야 옳을 듯한 서명에 온 정신을 쏟고 있었다. 나를 보는 표정은 온화했지만 나는 처음 접하는 어색한 시간이었다. 몇 분이 흘렀는지도 모르겠다. 다만 그 이색적인 장면이 꽤나 길었다는 것만은 생생하다.

참으로 생소한 경험이었지만, 저작에 서명을 해본 나로서는 점점 부끄러움이 커져갔다. 그렇게 황송하게 서명을 건네는 것이 독특한 게 아니라 당연한 일이라는 생각이 들었기 때문이다. 그의 삶을 들여다보면 나에게만 특별히 그런 게 아니었을 것이다.

임지호 요리사를 찾았을 때, 필자는 일본의 기타오지 로산진과 그를 강하게 오버랩시키고 있었다. 지금의 일본 요리인들도 '일본 현대요리의 혁명'을 이끈 인물로 인정하는 로산진 말이다. 그는 일

임지호 요리사의 책 서명

본이라는 나라가 키워낸 인물이 아니라, 그저 잡초 씨앗 하나로 태어나 제 힘으로 거목이 되었다. 그는 일본의 입장에서 애국자도 아니었고, 세상을 바라보는 현실적 시각도 백치에 가까웠다.

로산진이란 사람에 주목한 이유는 딱 한 가지였다. 조선에서 직장을 가진 적이 있어서거나, 조선 도자기에 흠뻑 빠졌다거나, 김치를 좋아했다고 해서가 아니다. 모든 예술이 향하는 지점에 요리를 두었다는 점이다. 그는 오로지 요리가 세상을 인식하는 프리즘이었던 인물이다.

그런 인물이 발아했다는 점이 부러울 뿐이다. 그건 일본에게 축복이 아닐 수 없다. 일본의 식재료에 대한 연구와 애정도 남달랐다. 하지만 로산진이 추구한 요리는 일본요리가 아니라 자신의 요리였다. 그만이 창조할 수 있는 세계였다. 로산진이라는 한 인간이 구축한 세계, 그걸 놓치지 않은 점에서 일본은 대견하다. 그것이 오늘날 미식의 나라라는 타이틀을 얻을 자격이라면 자격이다.

그런 요리 세계를 추구한 우리의 요리사를 나는 보지 못했다. 유수의 호텔이나 레스토랑을 섭렵한 화려한 경력과 이력의 요리인들은 많이 보인다. 하지만 그들이 추구하는 것이 돈인지 명성인지 요리인지 헷갈리기도 한다.

먹을 것만 잔뜩 넘쳐나는 방송들을 보면서 K-푸드의 꿈이 아스라해지는 걸 부정할 수 없었다. 왜 역사적 비극으로 얽힌 나라, 그 나라에서 잘 가꾼 기타오지 로산진을 통해 우리의 현실을 돌아봐야 하는지 슬펐지만 임지호 요리사를 보면서 우리 밥상의 희망을 얘기할 수 있었다.

임지호에게는 로산진을 넘어서는 것이 많았다. 로산진은 타고난 예술적 감성과 끼로 자신만의 세계를 구현했다. 하지만 임지호는 가족과 이웃, 인간에 대한 사랑과 정, 그리고 한국의 산과 들판, 골목에서 음식을 이야기했다. 임지호 요리는 '맛있게' 먹는 것을 넘어 '고맙다, 행복하다'는 정신적인 경지를 남겼다.

"음식은 종합예술이며, 약이며 과학입니다."

"생각이란 첫 시작이 허공이며, 그 허공은 가만히 머물러 있지 않다는 것, 수많은 사람들이 그 허공 밖에서 또 다른 허공을 수없이 그리고 있는 것을 저는 식탁에서 보았습니다. 식탁에서 본 허공의 실체는 깊고 심오한 사랑이며, 진실이며, 끊임없는 역사라는 것을 매일매일 깨닫습니다."

임지호 요리사의 사유는 넓고 깊으며, 음식의 의미를 그런 철학적 바탕으로 풀어냈다는 점이 독보적이다. 또한 『마음이 그릇이다, 천지가 밥이다』라는 제목은 그의 크기와 치열함, 그리고 처절한 정신이 집약된 한마디이다. 누가 감히 그런 타이틀을 뽑을 수 있을까.

필자는 요리를 둘러싼 모든 세계를 그릇이라 말하곤 했다. 하지만 그릇을 이렇게 바라보는 사람은 없었다. 그의 세계는 지금껏 그 어느 요리사나 세계적 셰프가 가진 철학을 넘어선다.

혹자는 임지호의 요리를 즉흥요리라 했는데, 앉은 자리, 선 자리에서 뚝딱 요리를 해낸다는 재능을 그렇게 표현했을 것이다. 그가 이뤄낸 깨달음을 접하면 감동을 넘어서는 엄중함을 느낀다.

"자연이 나의 스승이며, 우리의 자연에서 얻은 재료만 가지고도 최고의 음식이 생겨남을 깨달았습니다. 요리란 물, 바람, 불, 빛을 담은 우주의 재료에 영혼을 보태는 작업이며, 그 긴 시간과 광활한 공간 속에서 무르익어가는 삶이 저절로 흘러나온 것이 나의 요리입니다."

결국, 자연을 통해서, 요리를 통해서 우주의 이치를 깨달았다는 것이 아닐까. 직접 풀과 뿌리를 맛보며 죽음을 무릅쓴 노력은 그의 수도행이었을 것이다.

그날, 저녁을 먹은 후 차를 마시자며 그가 자신의 작업실에 초대했다. 2층에 마련된 공간에서는 놀랍게도 우리 역사의 뿌리를 찾는 작업이 진행되고 있었다. 요리와는 다른 세계를 광대무변하게 펼치고 있었다. 역사시대 이전에 한반도를 다스렸던 황제들의 초상화를 그리고 있었는데 세어보지는 않았지만 백여 장은 너끈히 넘을 것 같았다.

한 장 한 장 설명을 곁들였는데, 당시엔 그저 어안이 벙벙했을 뿐이었다. 지금 생각하면 기억의 희미함 때문에 어떤 기록을 통한 상상이었는지는 알 수 없지만 황제 초상화 하나하나가 숭고한 작업으로 다가왔다. 요리사로서의 엄중한 철학으로 미루어보아도, 이야기를 풀어가는 결연함에서도 그 작업이 단순한 발상이 아니었음은 결단코 분명했다.

지금 그를 만날 수 없으니 다시 들을 수 없음에 안타까울 뿐이다. 언젠가 그의 자취를 다시 더듬을 기회가 오면 그의 아내나 자식을 통해서라도 물을 것이라 마음먹고 있다. 그보다도 그 작업이 세상의 빛을 보지 못한 게 못내 안타까울 따름이다.

임지호가 남긴 시가 있다. 그가 통도사에서 남긴 시는 십여 편이다. 시의 제목은 모두 '고향'이다. 시 한 편을 소개한다.

붉은 해를 주서 먹고 나는 울었다
강물을 주서 먹고 나는 울었다
바다를 삼키고 나는 울었다
아름다움을 주서 먹고 나는 울었다
슬픔을 주서 먹고 나는 울었다
웃어 보려고 웃어 보려고 애쓰다 나는 울었다
토해내는 슬픔 속에
쏟아져 나오는 웃음을 나는 보았다
_「고향 25」

그의 일대기를 들여다보면, 요리사로서의 삶의 원형이 어린 시절의 복잡했던 심정과 연결되어 있음을 알 수 있다. 또한 시 제목이 모두 '고향'이라는 것만으로도 그의 삶을 지배했던 정서를 유추할 수 있다. 엉뚱한 생각이지만 그가 생전에 제대로 요리하지 못한 유일한 것이 있다면 고향이라는 것이 아니었을까.

서두에 임지호의 죽음을 우리 요리 역사에서 큰 슬픔이라 했다. 그의 죽음이 슬픈 것은 단지 뛰어난 한 요리사에 관한 것만으로는 부족하다는 생각 때문이다. 그의 세계를 이뤄낸 근간인 자연의 품, 어머니의 품으로 돌아간 그지만 우리 식탁의 앞날을 위해서는 슬픔이 앞서는 걸 어쩔 수 없다.

대한민국의 요리다운 요리를 집대성할 리더를 잃었다고 하면 자존심이 상할 요리사도 있을 것이다. 하지만 요리를 향하는 우리 젊은이들에게 바란다. 누가 바람처럼 나타나 줄 것인가. 내 나라의 요리도 모르면서 프랑스 요리를 부르짖는 자들을 질타했던 로산진처럼. 임지호 요리사의 길에서 본 가능성과 희망의 부활을 그려본다. 그 길이 우리의 요리인이 갖추어야 할 철학의 길이라 생각한다.

요리, 그 너머

가끔 세계적인 유명 셰프의 자살 소식을 접한다. 그때마다 고개를 갸웃하며 의아함을 품게 된다. 왜냐하면 죽음의 이유가 우울증 때문이든, 엄청난 개인 빚 때문이든 간에 죽을 당시 그들은 누구나 인정하는 요리계의 대스타였기 때문이다.

오래전 이야기지만 프랑스 부르고뉴 지방의 유명 레스토랑 셰프가 스스로 목숨을 끊었다. 죽기 전 그의 자존심은 하늘을 찌를 듯했는데, 오만이 아니라 그럴 만한 이유가 있었다. 그 레스토랑은 미슐랭가이드에서 최고점인 별 3개를 받는, 자타가 인정하는 최고의 음식점이었다. 오랫동안 정상에 군림하던 그가 별 하나가 떨어진 성적표를 받았다. 셰프의 선택은 모질게도 자신의 머리에 총구를 겨누는 것이었다.

이 이야기를 접하면 죽음이라는 비극적인 상황 이전에 색다른 충격을 받게 된다. 자살의 원인이 부끄러움이나 분노, 혹은 자책일 수도 있지만 그는 결국 자존심에 입은 상처를 받아들이지 못한 듯하다. 그것이 죽음에까지 이를 문제인가는 올바른 질문이 아니다.

그에게 요리는 과연 무엇이었을까? 자존심에 입은 상처 때문이었다면, 그에게 요리는 그것을 넘어서는 특별함이었을 것이다. 셰프의 죽음으로 읽는 요리의 의미라면 '목숨을 거는 정신'이 아니었을까?

누구에게 올리는 밥상에 가장 지극한 정성과 공들임이 있을까? 요리를 하는 사람이라면 반드시 화두처럼 여겨야 할 물음이다.

길 가는 사람들에게 물어본다면 옛 임금님 수라상을 꼽지 않을까. 아주 오래전 그걸 소재로 한 〈대장금〉이란 드라마가 대단한 인기를 누린 것도 그런 특별한 배경이 시선을 끌었기 때문일 것이다. 조선 팔도에서 사옹원으로 진상된 진귀한 재료 중에서도 으뜸인 것을 고르고, 임금 단 한 사람을 위한 상을 차렸다. 기록으로 전하는 까다로운 절차와 관리를 볼 때, 끼니마다 하나의 의식을 치렀다고 해야 한다. 왕의 입으로 들어가기까지 수라상에 기울였을 혼신의 노력은 군주의 절대 권력으로 유추할 수 있을 것이다.

정성으로만 친다면 그에 버금가는 것이 신에게 드리는 음식이다. 예로부터 각 마을에서는 수호신을 모셨다. 어지간한 마을이면 보통 정월에 당산제나 동제를 통해 신에게 제사를 드렸다. 정해진 제관이 있기도 하지만 대내림을 통해 결정하기도 한다. 성인이 된 마을 사람들이 모두 모이면 새로 베어 온 대나무를 한 사람씩 잡게 한다. 어떤 사람이 대나무를 잡았을 때 나무가 심하게 떨리면 신이 점지한 것이다. 그걸 대내림이라 한다. 그렇게 제관이 된 사람은 신이 내린 대를 앞세워 집으로 돌아온다.

그때부터 의식이 시작된다. 제관은 외출을 삼가고, 조문을 금하며, 매일 목욕재계를 하면서 정성을 모은다. 음식재료는 당연히 구할 수 있는 최상의 것으로 준비하되 절대로 깎거나 흥정을 하지 않았다. 요리 이전에 일상을 넘어서는 정신의 경지를 떠올려야 한다.

이렇게 일상을 넘어서는 요리는 정신이나 의식의 영역이다. 일종의 수행자의 길과도 유사하다. 그런 맥락에 있는 것은 단연 사찰의 발우공양이다. 사찰음식 하면 얼핏 자극적이지 않고 동물성 단백질을 멀리하는 채식 위주의 식단이 떠오른다. 요즘 느림의 미학에 관심을 가지는 현대인에게는 '웰빙과 함께 힐링'의 슬로푸드로도 다가온다. 하지만 발우공양은 그 이상의 의미, 즉 하나의 수행이다.

새벽 4시에 일어나 밤 10시에 이르는 하루의 수행 중 음식 공양을 가장 슬픈 수행이라 한다면 우스꽝스러울지도 모른다. 속세로 치면 가장 맛있는 시간을 압류당하는 꼴이기 때문이다.

발우공양은 죽비소리에 따르는 간결하고 정갈한 의식이다. 그릇에 필요한 만큼의 음식만 담고, 밥 한 톨 남기지 않고, 그릇 헹군 물을 마시고 바리때를 닦음으로써 끝이 난다. 탐욕을 내려놓는 일만이 아니라 그 행위 속에는 많은 것이 내포되어 있다.

발우공양에서 음식의 맛을 취하는 것은 분명 금기일 것이다. 미각의 즐거움을 만끽한다면 그건 의도와는 다른 결과다. 수행에서 '맛'이란 욕망의 또 다른 이름이다. 맛을 취하려 했다면 보다 귀한 재료와 매혹적인 향신료를 구할 것이다. 그들은 공양을 하면서도 그 너머에 있는 걸 추구하는 것이다.

이렇듯 음식 혹은 요리를 둘러싼 세계는 일반적으로는 먹고사는 이야기라지만 속俗을 넘어 성聖을 아우르는 것이기도 하다.

요리의 봄은 언제 오는가

저녁 무렵, 각자의 사연을 담은 해가 떨어지고 가로등이 눈을 뜨기 시작한다. 퇴근은 하루 중 가장 즐거운 때, 사람들은 제각각의 방향으로 길을 나선다. 집으로, 친구에게, 연인에게, 회사 일의 연장으로, 동창이나 계모임으로…. 집으로 향하는 사람을 제외하면 대개 비슷한 고민에 빠질 것이다, 하루의 피로를 푸는 즐거운 고민이다.

'오늘은 어디로 가지? 뭘 먹지?'

이런 고민이 없는 사람이라면 행복한 사람이다. 늘 오감을 만족하게 하는 곳이 많다는 뜻으로 말이다. 없어서 못 먹는다는 사람은 일단 제쳐두자.

"된장찌개 어때? 그 집 할머니 손맛이 그립네."

"음, 좋긴 한데… 날도 우중충하니 얼큰한 해물전골은 어때?"

"술 한 잔 걸치기엔 회가 좋지 않나?"

어떤 결론에 도달하든 간에 흔한 대화다.

오늘 어떤 무리는 도심하고는 거리가 먼 한식집으로 뜻을 모았다. 안내하는 사람은 손님이 몇인지 확인한 후 기다리라고 한다. 대부분의 식당에선 식탁에 둘러앉고 음식이 나오는 방식인데 거긴 상이 없다. 네 명의 친구들은 조금 어색한 느낌으로 상이 없는 방에 둘러앉았다. 얼마간의 시간이 흘렀을까, 두 사람이 상을 들고 온다. 모두의 눈이 휘둥그레진다. 상에는 줄잡아 40가지가 넘는 음식으로 빈틈이 없다.

보기만 해도 배가 부를 지경으로 푸짐하다. '광에서 인심 난다'는 말처럼 행복이 밀려온다. 나물이나 버섯 등 대부분의 식재료도 근방에 나는 것을 사용했기에 믿을 수 있다고 한다. 세 사람이 둘러앉아 참말이지 골고루 먹는다. 말 그대로 '함포고복含哺鼓腹'이다. 건강해지는 느낌을 받는다고 하는 친구도 있다. 이 집은 텔레비전에서도 높이 평가했다는 이야기가 오간다.

요즘은 요리를 하나의 예술로 보는 데 이견이 거의 없다. 식사에도 하나의 과정이 있다. 요리인의 기승전결 같은 기획이 깔려 있어야 한다. 재미있는 소설은 서두에서 호기심을 자극하며 기대감을 높인다. 내용이 전개되면서 상상하기 어려운 반전을 거듭하며 독자를 새로운 세계로 이끈다.

요리도 마찬가지이다. 샐러드나 채소수프 같은 전채로 천천히 미각을 일깨우고 점점 매혹적인 주 요리를 통해 포만과 만족의 절정으로 나아가는 감동적인 기획이 있어야 한다. 하지만 그 부분에서는 아직 요리의 봄을 맞지 못하고 있었다. 눈과 입에 거슬리는 게 너무 많다. 물론 의도적인 시각으로 볼 때 말이다. 그저 한 끼 때운다는 생각, 배만 부르면 된다는 생각이라면 죄송한 일이다. 미각이란 게 절대적인가, 상대적인가 그것도 논외로 하겠다.

다시 처음으로 돌아가 보자. 손님을 안내하고 주문이 주방으로 전해진다. 주방에는 각본대로 만들어진 반찬들이 줄지어 놓여 있고, 기본이 되는 상은 이미 차려져 있다. 거기에 불고기 전골이 얹힌 가스레인지와 밥공기를 얹은 후 손님에게 들여온다.

반찬은 이미 다 식었다. 식어 딱딱해진 홍어찜과 조기를 먹는 것은 참을 수 없는 일이다. 표고전도 그렇고 인삼튀김도 마찬가지다. 나물이라고 다를 수 있을까? 왜 그렇게 시시콜콜 입을 대느냐고 묻는다면 '만만찮은 가격이지 않습니까?'라고 대답했을 것이다. 그러면 그들은 가짓수로 돈값을 충분히 하지 않았냐고 항변하지 않았을까.

나는 우리 음식문화의 아름다운 변신을 시도하는 제일선에 그릇이 있음을 강조해왔다. 그릇 자체만이 아니라 그릇의 선택과 그로 인해 따라오는 변화를 주문한다. 오밀조밀하게 놓인 개성 없는 멜라민수지 그릇들로 빼곡한 밥상. 이 집은 내가 눈여겨보는 그릇만으로도 아직 전통과 명성을 말하기에 모자랐다.

모두 다 주고도 부족하다고 생각하는 것이 진정한 서비스 정신이다. 필자의 눈에는 음식만 가득한 밥상이었다. 이야기와 배려, 따뜻함이 부족한 밥상이었다. 무겁긴 하겠지만 가볍고 차가운 밥상이었다.

특정 음식점을 헐뜯거나 흠집을 낼 생각은 손톱만큼도 없다. 이 식당은 정말 손님이 넘쳐났다. ‘옥에 티’ 정도로 이해해주어도 좋다. 사실 신선하고 믿을 수 있는 재료로 풍성한 음식을 제공하기 때문에 많은 사람들이 찾으며, 맛 또한 좋다는 평판이 자자한 곳임을 인정한다. 하지만 서비스업이란 고객만족이라는 점에서 바람직한 변화를 추구해야 한다. 바람직한 변화란 곧 창조이다. 보다 아름다운 모습을 위한 우정 어린 조언으로 받아주고 변화를 추구한다면, 우리 요리에도 향기로운 봄이 찾아오지 않겠는가.

사족 같지만 뒷이야기를 덧붙이고 싶다. 이 글이 게재되었던 신문사 담당자와의 통화내용이다.

“문의 전화가 많이 왔는데요?”

“그래요? 어떤…?”

“그 식당 위치를 좀 알려 달라는 겁니다. 내참.”

씁쓸해할 일은 전혀 아니다. 그 밥상의 비주얼에 구미가 당긴 사람들을 탓하기엔 아직 추운 날씨이기 때문이다.

그릇이 가벼우면 요리도 가볍다

오랫동안 일본을 여행하면서 딱 한 번 플라스틱 그릇에 우동을 먹은 적이 있다. 그게 뭐 대수로운 얘긴가 하겠지만 필자에게는 너무 새삼스러웠다. 우동값은 200엔 정도로 매우 싼 걸로 기억하는데, 선 채로 간단하게 먹는 시골역 간이식당에서였다. '아, 이런 곳도 있긴 있구나.' 그것이 놀랍고(?) 신기한 경험으로 기억된 것은 나는 당시 일본인들의 그릇에 빠져 있었기 때문이다.

도자기에 관심을 가지고 있기는 했지만 일본인들의 일상적인 그릇에 관심을 둔 것은 아니었다. 주로 미술관을 들락거리는 정도였는데, 어느 순간 그들의 그릇이 눈에 들어오기 시작하면서 필자는 새로운 여행을 계획하게 된 것이다.

그릇은 일본의 요리세계를 들여다보기 위한 핵심 키워드였다. 요리는 보다 아름답고 맛깔스럽게 다가왔다. 눈을 주기 시작하자 점점 더 많은 것이 보이기 시작했다. 일본의 요리는 기본적으로 우리와 다른 것이 많았지만 그릇의 역할은 훨씬 적극적이며 구체적이었다.

거꾸로 멜라민수지 그릇으로 차려내는 우리의 상차림도 새삼스럽게 다가왔다. 참 난감한 기분이었다. 식품의약품안전처에서는 멜라민수지의 안전성을 검증하고 홍보하고 있지만 그것은 다른 차원의 이야기다.

오래전 그런 의도로 책을 냈을 때, 많은 사람들이 고개를 끄덕여주어 희망을 보았다. 하지만 멜라민 그릇이 인체에 유해하지 않다며, 당연히 그래야 하는 사실을 가지고 항변하는 소비자들도 있었다. 그리고 10년이 지났지만 그릇에 대한 가벼운 인식은 여전한 것 같다.

필자는 사람들에게 가끔 짬뽕 이야기를 한다. 당연히 식당에 가서 먹으면 막 끓여내 제맛을 즐길 수 있는 것은 알지만 게으른 휴일을 보내고 싶을 때 매콤한 짬뽕을 주문해 먹는다. 배달의 유혹은 가끔 강력하기도 하다.

짬뽕이 배달되면 준비해놓은 사발에 곧장 옮겨 담는다. 그릇은 그 자리에서 돌려보낸다. 배달된 짬뽕에 그릇을 달리하고 약간의 연출을 한다. 짬뽕을 담는 그릇은 흰색과 흑갈색 문양의 회령유 사발이며, 김치를 담은 접시는 일본에서 선물 받은 아가노 도자기, 단무지나 양파를 옮긴 접시 및 꽃병은 분청사기…. 도자기 이름이 어려워서 그렇지 금세 머리에 그려질 것이다.

된장에 박아두었던 마늘 한두 조각과 김치를 곁들일 수가 있는 것은 집에서 먹는 즐거움이다. 요리도 설거지도 할 필요가 없어 배달 시켜 먹는데 고생을 사서 하는 거 아니냐고 하겠지만 그럴 만한 즐거움이 있기에 기꺼이 그리하는 것이다. 마음 같아서는 그릇을 들고 가 외식을 하고 싶을 때도 있다.

정감 넘치는 도자기 그릇이나 칠기, 놋그릇, 때론 옹기를 좋아하지 않는 사람은 없을 것이다. 그것들은 다루기엔 성가시지만 쓸수록 손에 익고 맛깔스러운 분위기를 내어준다. 쓰다 보면 함부로 하고 싶은 마음도 사라질 것이며, 설령 깨어지고 부서져도 쓰레기로 돌아가지 않는다. 깨어지면 그저 자연의 일부로 돌아가는 착한 심성을 가졌다. 부딪치는 소리도 울림이 있으며 수저와의 마찰음도 부드럽고 맑다.

쓸수록 거칠어지고 둔탁한 소리를 내며 심각한 쓰레기로 돌아가는 멜라민 그릇과는 다르다. 플라스틱으로 인한 환경 문제를 들먹이며 멜라민수지를 말하는 것도 참으로 크나큰 화제지만 여기서는 비켜간다.

2011년 한국도자재단과 지방자치단체 및 시민단체와 연계하여 한식당에서 멜라민 그릇을 추방하자는 운동을 전개한 적이 있다. 그들은 그것이 한식 세계화의 큰 걸림돌이라는 근거를 내세웠다. '우리 음식은 우리 그릇에….' 당연하고 그럴싸했지만 목소리는 힘을 받지 못했으며 지속적으로 이어 가지 못했다. 사실 그건 규제로써는 불가능한 일이며, 업주나 요리인의 선택일 뿐이기 때문이다. 그러나 요리인이나 주인도 마찬가지겠지만 소비자들의 안목이나 의식도 변화해야 한다.

그릇을 시작으로 요리에 전반적인 변화가 나타나고는 있지만 아직은 고개 저을 일이 너무 많다. 요리가 예술이라는 인식이 보편화되고 있는 현실에 비추어 보면 감감한 느낌이다. 아직은 편리성이 감성과 건강을 넘어서고 있다.

사용자는 마구 다루기에 좋고, 집어 던져도 깨지지 않는 걸 최고의 그릇으로 여기는 듯하다. 볼품없고 단조로운 색상, 한 귀퉁이가 가스 불에 탄 그릇, 코팅이 벗겨져 퇴색한 그릇, 게다가 구겨지고 수세미로 할퀴어진 아찔한 양은냄비까지….

그릇이 가벼우면 정성도 요리도 서비스도 가벼워지는 법이다. 혹시 종업원이 함부로 놓는 그릇 소리 때문에 불쾌한 적은 없는가. 그릇이 도자기나 유리라면 던지듯이 탁자에 놓을 수 있을까. 자연스레 조심스러운 마음이 배어 나올 것이며 감성도 살아날 것이다. 요리는 오감으로 즐기는 것이다.

주객이 완벽하게 바뀐 이상한 문화가 바로 우리의 그릇 문화다. 음식점은 소비자를 위해 존재한다는 가장 간단한 진리가 무색하다. 경제적이며 편리하다는 그들의 논리가 우위이며, 소비자의 무관심이 더해진 현실이다. 손님의 즐거움과 행복이 목적이 아니라 소비자의 호주머니가 목적이 아닌가 하는 생각을 갖게 한다.

좀 벗어나는 이야기이긴 하지만 모르면 이런 낭패를 보기도 한다. 이런 추억을 가진 분들이 계실 것이다. 1970년대 새마을운동이라는 이름으로 초가지붕을 개량한다고 슬레이트를 마구 얹던 시절이 있었다. 매년 지붕을 바꾸는 건 인력 낭비이며 미관상 좋지 않다는 이유를 붙여 밀어붙였다. 슬레이트는 전국 방방곡곡으로 파고들었다.

그런 슬레이트가 시간이 많이 흐른 어느 날 무척이나 편리한 삼겹살 불판으로 등장했다. 구하기도 쉬웠고, 소나기가 와도 무리 없이 소화하는 시원한 골을 타고 기름이 잘 빠지던 슬레이트, 그것이 1급 발암물질인 석면 덩어리였다는 사실을 알고 허탈해하던 시절 말이다.

관대한 것과 모르는 것을 헷갈리지는 않는지 생각해 본다. 요리를 하는 사람들부터 그릇에 대한 욕심을 가져주기를 간절히 기대한다. 그리고 그런 정성으로 요리를 내시는 분들을 한 번 더 봐주는 것도 우리 모두가 해야 할 몫이다.

그릇에 대한 예의

'쓰지 않는 물건은 깨버려라.'

도자기를 빚는 사기장들이라면 한목소리로 말한다. 웬만한 가마에 가면 익히 듣는 소리다. 도자기를 빚는 사람으로서 안타까움을 표하는 것이리라. '나의 이 빛깔과 향기에 알맞은 누가 나의 이름을 불러다오'라는 시구처럼 도자기는 그렇게 애절한 시선을 보내건만 사람들은 종종 왜곡된 사랑으로 유리창 너머에 가두어버린다. 도자기를 두고 '용用의 미학美學'으로 실용을 강조하기도 하는데, 결국 사용을 통해서 아름다움을 구체화할 수 있다는 의미일 것이다.

도자기에 대한 지나친 사랑은 과잉보호로 이어지고, 그들의 자리는 전시의 장場이 되어버리고 마는 것이다. 그들을 골동품과 동일시하는 선입견이 자리 잡고 있는 것일까. 혹은 일제강점기를 거치며 메마르게 된 문화적 소양의 결과일까. 아니면 가격만큼 다루어주어야 한다는 생각이 지나친 것인지….

도자기 그릇에 천차만별의 가격 차이가 있는 건 당연하다. 재료의 문제보다는 제작방법이나 제작자에 따라 차이가 나게 된다. 예를 들어 요즘 우리 한국인이 즐겨 사용하는 다기세트는 수만 원에서 수백만 원까지 다양하다. 마치 유명 브랜드 가방과 비슷하다. 하지만 가방은 늘 함께하며 보여주고 싶어 하면서도, 고급 다기는 사용하는 것이 아깝다고 생각한다.

도자기를 예술작품으로 바라보는 시각을 탓하는 건 아니다. 그것이 예술임은 분명하기 때문이다. 그러나 그 어떤 장르의 예술이든 박제된다면 죽은 예술이다. 도자기는 벽에 걸린 회화나 사진이 아니다. 그것은 태어날 때 부여된 소임을 위해 1,300도의 화염을 견딘 것이다. 그렇다면 거기에 알맞은 시선과 역할을 주어야 한다.

현재 가히 도자기의 나라라 불릴 만한 일본에서 국보가 되거나 엄청난 가격으로 주위를 놀라게 하는 것들도 누가 얼마나 오래 사용해 왔는가가 매우 중요한 기준이 되고 있다.

먹고 마시는 것보다 즐거운 일이 또 어디 있을까. 그런데 혹시나 미각과 후각에 편중되어 있지는 않은가. 거기에다 시각과 촉각을 더하고 그릇들의 소리를 더해 그야말로 오감五感의 식사를 즐긴다면 그게 곧 예술이다. 인형이 아이들의 손에서 때가 묻으면서 빛깔을 드러내듯이 그릇도 사용하면서 향기가 담기는 것이다. 꽃이 꽂히지 않은 꽃병에서 봄을 말할 수는 없지 않은가.

일본에는 이치바市場라는 문화가 있다. 전국시대에 시장 활성화를 목적으로 생겨났다고 한다. 일반적인 시장의 의미가 아니라 특이한 분야에서 이루어지는 시장이다.

직인이라 불리는 가난한 예술가들을 위한 직인촌이 곳곳에 있는데, 우리 식대로 표현하면 예술촌이다. 거기에서 제작한 그림이나 조각, 도자기 등을 파는 곳이 이치바다. 그들 마을이 이치바가 되고 사람들은 그곳에서 마음에 드는 작품을 저렴하게 구입할 수 있다.

때로는 큰 사찰이나 공공기관에서도 장소를 제공하며 전시를 열어주기도 한다. 물론 프로 작가나 기업형 제품은 들어갈 수 없다. 도자기라면 사람들은 전시용으로 사는 게 아니라 사용하기 위해 산다. 실용적 의미로 작품을 구입하는 것이다.

아마추어 작가들은 또 그렇게 자신을 서서히 알려나간다. 사람들은 믿을 수 있는 작품을 현장에서 싸게 구입할 수 있는 기회를 늘 가지는 것이다. 그것은 곧 예술작품의 저변 확대로 이어진다. 가정마다 싸고 좋아하는 그릇들을 식기로 사용하게 되고 그런 의식은 곧 요리점과 호환하게 된다. 이런 것이 그릇에 대한 예의를 제대로 갖게 한 풀뿌리 문화일 것이다.

일제강점기에는 왜사기가, 1960~1970년대부터는 플라스틱이나 스테인리스 식기가 이런저런 이유로 식탁을 점령했고, 그 이후는 미국이나 유럽에서 인기를 누리고 있는 본차이나가 깔끔한 디자인과 생산성을 무기로 그 자리를 대신하고 있다.

그러나 생활이 안정되고 건강과 문화에 관심이 높아지면서 식기나 다도구를 중심으로 전통 도자기에 대한 관심이 급속히 높아지고 있다.

조선시대의 유물을 보면 서민들이야 쉽게 사용할 수 없는 것도 있겠지만 식기나, 물항아리, 술병, 기름병 등 기본적인 것에서부터 화장용구, 찬합, 연적, 타구, 대야, 오줌장군, 먹통, 떡살 그리고 담배함이나 화로, 베개에 베갯모까지 실로 광범위하다. 우리가 과거 도자기 강국이었다는 사실을 모르는 사람은 드물다. 따라서 지금의 이런 관심은 기뻐해야 할 일이 아니라 당연한 것이라 생각한다.

하지만 거기에는 짚어볼 문제가 있다. 도자기의 이름만 해도 그렇다. 우리는 그릇에 이름을 붙이지 않는다. 사발, 접시, 종지, 보시기 등 그릇의 종류를 가리키는 개념만 존재한다. 공장에서 대량으로 찍혀 나온 것들이야 어차피 고유 이름을 가질 필요는 없겠지만 직접 손으로 빚은 것들은 이름을 붙여주어야 한다.

도자기에 이름을 붙이는 일반적인 방법은 도자기의 종류, 무늬나 특징, 용도 순으로 붙이는 것이다. 간단한 예로 '분청사기 조어문 접시' 같은 것인데 이것은 도예가들이 풀어야 하는 숙제 중 하나이다. 아무 그릇에나 마구 붙이자는 게 아니라 도자기에 생명력을 부여하자는 뜻이다.

요리를 하는 사람들은 당연히 그릇을 깊이 공부해야 한다. 그래야 그릇에 대한 예의를 지킬 수 있다. 로산진은 그런 본보기의 전형이다. 요리인을 만족시키지 못하는 그릇들을 보면서 스스로 도예의 길을 걸었고, 오히려 요리사가 도자기를 만드는 사람들을 이끌어야 한다고 강조했다.

그렇게 그릇에 이름을 붙여주기도 하고, 그들이 그들의 운명대로 요리의 아름다운 옷이 되어 뽐내도록 해주어야 한다. 그런 어울림을 깨닫게 되면, 그릇은 비로소 요리인에게 운명공동체로 다가오게 된다. 그릇에 대한 예의는 그릇과의 즐거운 동행에서 실현되는 것이다.

기타오지 로산진의 그릇 강연

로산진은 자신의 가마였던 가마쿠라 세이코요星岡窯에서 요리사들을 대상으로 명강연을 들려주었다. 이것이 꼭 그릇 이야기만은 아닐 것이다. 여기에 소개하고자 한다.

여러분도 대강은 알다시피 나는 요리를 시작한 이후 여기에 가마를 박고 도자기나 칠기 등을 손수 만들고 있습니다. 왜 이렇게 도자기를 직접 빚게까지 되었을까 생각해볼 때, 나 스스로는 당연한 결과라고 여깁니다. 하지만 곁에서 보았을 때는 참 유별난 사람으로 생각됐을 거라 여겨 그 이유를 설명하겠습니다. 요리에 관한 한 전문가이며 대가인 여러분들 앞에서 요리 이야기를 한다는 것이 실례인 줄 알지만 너그러이 받아주시기 바랍니다.

생선회를 예로 들어봅시다. 저는 회를 뜨는 노련한 칼솜씨, 모리쓰케盛り付け(상차림), 색채 또는 모양 등을 중시합니다. 그런 감각들이 살아 있어야만 전체적으로 아름답고 맛깔스러운 요리를 만들 수 있습니다.

이처럼 요리를 아름답게 만드는 미적 감각은 그림이나 건축, 자연의 아름다움과 같은 것입니다. 예술이나 요리나 아름다움에 대한 감각은 근본적으로 같다고 생각합니다. 그래서 사람들은 요리를 아름답게 보이도록 노력하기도 하고, 정성스럽게 만든 음식을 어떤 그릇에 담을까 고민하는 것입니다. 요리를 화두로 삼는 사람이 그릇을 화두로 삼는 것은 너무도 당연한 일입니다.

그런데 요즘에는 눈길을 끄는 그릇들이 보이지 않습니다. 그것은 요리업자나 요리사의 관심이 부족하기 때문입니다. 요리사야말로 그릇을 책임지는 사람입니다. 따라서 이런 사람들이 그릇에 관심을 기울여야만 보다 좋은 그릇들이 나타날 것입니다.

옛날 차요리茶料理처럼 '내 요리는 이런 그릇에 담고 싶어… 이런 그릇은 애써 만든 내 요리를 죽여버려.' 하는 의식이 강해야만 비로소 좋은 그릇이 보일 것이고 또 만들어질 것입니다. 그렇게 되면 그릇을 만드는 사람들의 미의식도 높아지게 되고 훌륭한 그릇을 만들게 될 것입니다.

앞으로 좋은 그릇이 많이 나오려면 요식업자나 요리인이 도자업자들을 이끌어야 한다고 생각합니다. 결국 그릇을 사용하는 요리인의 무관심이나 무지가 지금의 식기문화의 낙후를 불러온 것입니다.

어쩌다 보이는 뛰어난 그릇은 대부분 선인들이 만든 것인데, 오늘날 그런 것은 하나의 미술품 혹은 골동품이 되어버렸습니다. 그러므로 요리의 근본적인 발전을 원하거나 본격적인 상차림을 바란다면 그런 골동품이라도 사용해야 합니다. 아니면 직접 그릇을 만드는 수밖에 없는 실정입니다.

굳이 말하자면 이것이 내가 직접 도자기를 만들게 된 동기입니다. 물론 직접 만든다고 해도 무엇 하나 건성으로 해서는 좋은 그릇을 하나도 빚을 수 없습니다.

제가 염두에 두는 것은 선인들이 만들었던 명작들입니다. 금이 가거나 완전하지 않은 상태라 하더라도 세상에 이름을 알린 것이라면 배워야 할 점이 실로 많기 때문입니다. 그래서 옛사람들의 작품을 가능한 많이 수집하여 두고 그들을 참고하고 작도의 본보기로 삼았습니다.

제가 조선이나 중국으로 건너가 옛 도자기를 연구한 것도 그런 맥락이며, 그런 노력이 쌓여 마침내 이런 고도자기 참고관을 짓게 된 것입니다. 그런 의미에서 나의 수집은 일반적인 수집과는 다릅니다. 모든 행위는 그릇을 직접 만들기 위함이며 요리의 길을 위함입니다.

이런 자세는 비단 도자기에만 국한되는 것이 아닙니다. 회화나 서예, 요리도 마찬가지입니다. 예를 들어 회칼로 생선을 다룬다고 할 때, 자르는 선 하나 때문에 요리가 살아나기도 하고 죽기도 합니다. 이걸 아는 사람은 세련된 선을 남길 것이며 속물적인 사람은 저속한 선을 남기겠지요.

이것은 단순히 회칼의 날이라든가 솜씨의 문제가 아니라 바로 '사람의 마음'의 문제입니다. 요컨대 품격을 갖춘 사람이 칼을 대면 품위 있는 선이 되고 모양이 됩니다.

오래전에 서예를 통해 이런 점을 알았고, 요리 또한 예외가 아님을 알았지만, 굉장히 어려운 일입니다. 참된 마음가짐으로 수양하지 않으면 아무리 솜씨가 뛰어나다 하더라도 훌륭한 요리는 나오지 않습니다.

다시 말해 서예나 그림, 도자기나 요리 할 것 없이 마지막에 드러나는 것은 만든 사람의 모습인데, 좋건 나쁘건 그것은 자신의 본모습이 됩니다. 여기까지 생각이 미치면 어떠한 일도 남에게 맡겨둘 수가 없게 됩니다. 또한 나태해질 수도 없습니다.

나는 이 가마에서 도자기를 빚을 때 하나부터 열까지 제 이름을 걸고 작업합니다. 알다시피 도자기를 한 번 굽기 위해서는 여러 과정을 거치며 품도 많이 듭니다. 세간에서는 나를 가리켜 게으름뱅이라고 수군대지만 이렇게 일하는 모습을 본다면 그런 평은 쉽게 하지 않겠지요.

나에게 도자기를 빚는 일은 요리의 도를 깨치고, 음식을 맛있게 먹기 위한 일입니다. 단지 먹기 위한 일이라면 까마득한 옛날처럼 나뭇잎에 올려 먹어도 그만입니다. 하지만 요리의 격조를 높이려면 그릇을 제대로 선택해야 합니다. 요리와 그릇은 떼려야 뗄 수 없는 관계입니다.

마치 부부처럼 긴밀한 관계라 할 수 있으며 그와 같은 이야기는 오래전부터 전해지고 있습니다. 평생을 함께 사는 사이인데 개 뼈다귀든 소 뼈다귀든 간에 손에 집히는 것으로 음식을 만들고 아무 그릇에 담아낸다면 실패한 삶이 될 것이며 원수가 될지도 모릅니다.

요리하는 사람은 그릇을 공부해야 합니다. 나는 이 점을 특히 강조하고 싶은데, 그래야 격조 높은 요리가 됩니다. 실제로 효테이瓢亭, 와라지야わらじや, 야오젠八百善—모두 수백 년 된 요리전문집—같이 후세까지 이름을 전하는 요릿집은 대대로 그렇게 해왔습니다.

효테이처럼 지금까지 전통을 지키고 있는 곳은 분위기부터가 고상합

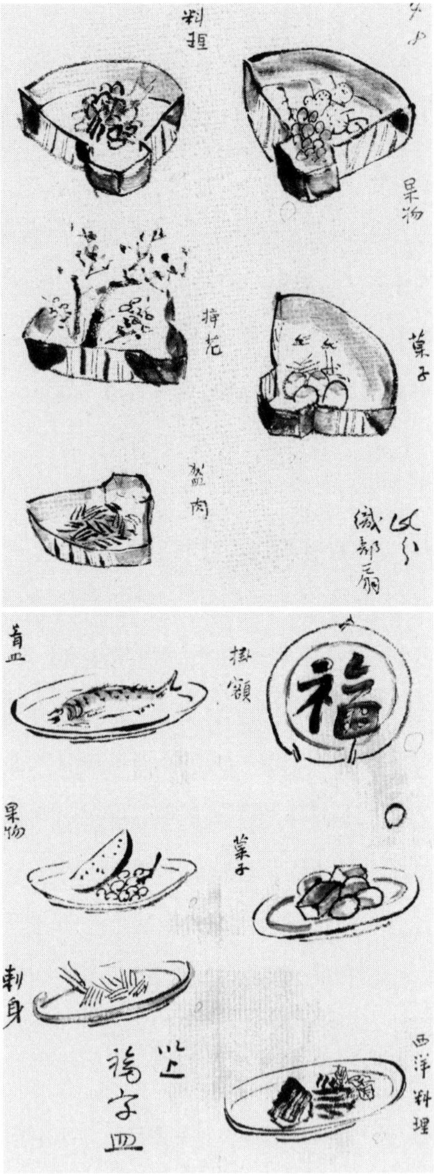

로산진의 요리메모.
하나의 그릇에 담길
여러 요리를 구상했다.

니다. 그곳 선대들은 분별력과 높은 식견을 갖춘 사람들이었습니다. 그 때문에 후손들은 아직도 그 간판으로 먹고살고 있습니다. 설령 후손의 솜씨나 식견이 좀 떨어진다 해도 선대의 이름값으로 가게를 유지할 수 있습니다. 물론 선대의 유명세만 믿고 대충 운영한다면 아무리 대단했다고 하더라도 오래 버티기는 어려울 것입니다.

흔히 중국요리가 세계 제일이라고들 하지만 중국요리가 번성한 것은 명나라 때입니다. 왜냐하면 중국의 그릇은 명나라 때가 가장 뛰어났기 때문입니다. 그릇이 우수했다는 것은 요리가 뛰어났다는 걸 의미합니다. 그 후 청나라를 거치면서 도자 수준이 떨어지고, 그릇의 수준과 함께 요리의 질도 떨어지게 됩니다.

이처럼 역사를 통해 보면 그릇이 나쁜 시대는 요리도 좋지 않았고, 그릇이 뛰어난 시대는 요리도 뛰어났습니다.

요리하는 사람이 정말 좋은 요리를 추구한다면 좋은 그릇을 원해야 합니다. 그리고 요리사는 도자기업자들을 이끌어 더욱 아름다운 그릇을 만들어내도록 해야 합니다.

오늘날 요리사들은 간단한 생선요리 하나를 어느 정도 익히게 되면 마치 전문요리사가 된 것처럼 행세하고, 다른 분야는 살필 필요도 없다는 태도를 보입니다. 진정한 요리의 길은 그것이 아닙니다. 그런 풍조를 뜯어고치고 발전시키고자 하는 것이 내 과업이기도 합니다.

지금까지 두서없이 이야기를 늘어놓았는데, 이것은 으리으리한 요리요정에만 해당하는 것이 아닙니다. 작은 가게라 하더라도 겉모습을 꾸미고, 마당에 물 한 방울 뿌릴 때도 요리의 도를 생각하라는 것입니다.

식기의 영역

용을 다 그리고 나서 마지막으로 눈동자를 그리니 살아 승천했다는 말이 화룡점정畵龍點睛이다. 가장 중요한 일을 끝낸다는 의미다.

좀 거창하지만 한 그릇의 국수를 내는데 화룡점정은 무엇일까? 면발을 쫄깃하게 삶는 걸까, 육수를 잘 뽑는 것일까, 고명으로 얹는 고기 한 점일까, 흑유를 곱게 입힌 사발일까…. 물론 어리석은 질문에 불과하다. 진정한 요리사가 추구하는 국수에 화룡점정은 없다. 달리 말해 하나하나 모두가 화룡점정이다. 하나라도 빠진다면 용은 날아오르지 못할 것이다.

한여름은 냉면이나 밀면의 계절이다. 얼음이 채 녹지 않은 진한 육수에 면과 고명이 어울려 더위를 한 방에 날려주는 인기 음식이다. 오늘은 냉면집으로 간다. 아니 중국집에 자장면 먹으러 간다고 해도 달라질 것은 없다.

요즘 두 겹으로 된 스테인리스 그릇을 많이 쓰는데 가운데가 비어 있다. 가볍기도 하고 그릇을 잡을 때 뜨겁지 않도록 해주며, 시원함도 유지시켜 주는 기능을 할 것 같다. 도자기 그릇에 비할 바는 아니지만 나름대로 의미는 있다. 하지만 오늘은 사발 이야기가 아니다.

'냉면집은 냉면이 맛있으면 그만이지 뭘 더 바라나?'

'해물탕집엔 해물이 신선하면 그게 최고지.'

흔히 듣는 면죄부 같은 소리들이다. 음식이란 당연히 맛있고 신선해야 하는 법이다. 보다 나은 요리를 추구하지 않는 요리인과 보다 나은 기대를 버린 소비자 때문에 우리 음식문화의 슬픔이 오래 이어지고 있다. 주는 대로 고개를 끄덕이고 부추기기만 한다면 변화와 창조는 더딜 수밖에 없다.

이제 냉면이나 밀면 그릇 주위로 시선을 옮겨보자. 냉면이나 밀면을 많이 내는 식당에는 보통 탁자 위에 간장, 식초, 겨자 등을 담은 용기들이 구비되어 있다. 비교적 작고 볼품없어 보이지만 이들도 자신의 역할이 뚜렷한 하나의 식기이다.

간장이 든 플라스틱 용기는 반도 채 들어 있지 않았는데, 마치 가득 찬 것처럼 온통 시커멓게 물들었다. 먼지와 때가 낀 피부는 본래 색을 떠올릴 수 없다. 식품의약품안전처에서는 멜라민수지가 안전하다고 하면서도 상처가 나거나 산성이 강한 식초 같은 걸 장기간 담는 용도로 사용하면 발암물질인 포름알데히드가 우러날 수 있다고 한다. 물론 식초 용기 플라스틱은 안전성이 검증되었겠지만 그 식초병은 오랫동안 식탁에 있었던 듯하다.

겨자 소스가 든 용기는 어떤가. 알다시피 겨자색은 썩 유쾌한 색

상은 아니다. 냉면이 나오면 취향에 따라 식초를 친 후 노란 겨자병 뚜껑을 연다. 어쨌거나 유쾌하지 않은 기분으로 용기를 누르면 거북한 소리를 내며 노란 겨자가 구멍으로 나온다. 무슨 벌레라도 만지는 심정으로 식초와 겨자병을 놓고 나면 맛의 기대치는 한참이나 내려가고 만다.

마찰음도 맑은 예쁜 도자기나 깔끔한 유리제품이면 얼마나 좋을까. 음식점마다 각기 취향에 따른 예쁘고 깨끗한 소스 용기를 비치한다면, 앉는 순간부터 눈이 즐겁고 기대도 부풀 것이다. 간단한 노력으로 자기 식당만의 차별화를 줄 수 있는 중요한 포인트인 듯한데, 왜 스스로 불유쾌한 동질화 쪽에 쉽게 기우는지 언뜻 알 듯도 하지만 이해하기는 어렵다.

이렇게 조미료 용기도 그릇이며, 젓가락 숟가락도, 젓가락을 놓는 받침도 모두 하나의 독자적인 식기의 영역이다. 덩치가 작다고 역할마저 작은 것이 아니다. 수저받침은 일본말로 하시오키箸置き, 또는 '젓가락 베개'라는 재미있는 뜻의 하시마쿠라箸枕라 한다. 이런 수저받침도 많이 보급되고 있지만 역시 '아직'이다. 포크의 고향을 따지지 않듯이 일본식이라 하지 말자. 냅킨 한 장 깔고 수저를 놓는 가게는 그래도 손이 한 번 더 간 곳이다. 예쁘고 재미있는 수저받침이 놓인 밥상을 받으면 그날 요리의 화룡점정을 느낄 수도 있는 게 우리의 현실이다. 이런 생각으로 보면, 흔히 사용하는 '맛집'보다는 '멋집'이란 말이 더 어울린다.

주걱이나 국자까지 언급할 필요가 있을까마는 기름이 지글지글 튀는 프라이팬에서 전을 뒤집는 닳은 멜라민수지 뒤집개, 펄펄 끓고 있는 매운탕 속에 담긴 그런 국자를 머릿속에서 지울 때가 되지 않았나 싶다. 아니다. 한 번 더 떠올려 볼 때인지도 모른다.

주객은 없다

“어느 식당엘 들어가 음식을 시키려는데 종업원이 물병과 컵을 가져왔다. 언뜻 보기에도 깨끗하지 않아 냄새를 맡아보니 비린내가 났다. 티슈로 닦아보았더니 때가 묻어 나왔다. 컵을 바꾸어 달라고 하자 죄송하다는 말 한마디 없었다. 오히려 못마땅한 표정이 역력했다. 게다가 바꿔 온 것 역시 상태는 비슷했다. 그날 점심은 언짢은 기분으로 먹었다….”

음식 이야기를 주로 다루는 블로그를 운영하는 K양이 올린 글이다. 안타깝지만 우리가 그리 어렵지 않게 경험하는 장면이다. 소위 갑을 관계로 볼 문제는 아니지만 굳이 따지자면, 손님이 음식점을 선택한다는 의미에서 보면 손님이 갑이어야 한다. 한데 K양은 자신의 블로그에 간단한 소회를 올리는 것으로 언짢은 기분을 정리하고 말았다. 앞으로 그 집엔 가지 않으면 그만이라고 생각하는 듯했다. K양의 시각을 문제 삼아 시작해보자.

언젠가 태안 앞바다가 기름으로 뒤범벅되었을 때, 앞으로 수십 년간 바다 기능을 하기는 어려울 것이라 했던 기억이 있다. 그보다 더 거슬러 올라가면 나라가 존폐기로에 섰던 IMF구제금융을 받을 당시의 참담함도 있다. 하지만 앞다툰 봉사활동이나 금 모으기 운동을 통해 놀라운 복원력을 보여주었다. 그게 우리 민족이라며 자랑스러워했다. 아무리 메마른 시대라 해도 이웃에 대한 정과 사랑이 살아 있기 때문이라 했다. 그럴 만하다.

혹시 K양의 시각이 이런 민족성과 연결되는 것일까? 이웃에게 정이 많은 민족성 말이다. 아니면 남의 단점을 덮어주고 묻어주는 것이 미덕이라 생각하는 것일까? 까발리는 것은 너무 매정하다고 생각하는 걸까? 비판은 창조의 샘이다. 비판에 소극적이면 문화의 발전은 더디다. 악의적인 쓴소리는 당연히 뿌리 뽑아야겠지만, 쓴소리를 아끼지 않고 또한 거기에 귀를 기울이고 두려워할 줄 아는 의식이 필요하다.

음식을 다루는 방송의 태도도 문제가 이만저만이 아니다. 그런 소재의 프로그램은 일일이 꼽기도 어려울 정도로 많다. 하지만 문제는 소위 '장난스런 먹방'이 대세란 점이다. 놀이나 오락, 재미를 추구하는 걸 탓하는 게 아니다. 대부분 '맛집'이라는 미명 아래 흥미와 오락으로 시선을 끌고자 한다는 데 문제가 있다. 텔레비전의 역할과 책임을 모르는 사람은 별로 없다. 하지만 시청률과 광고라는 자본주의 논리에 방송의 역할과 책임이 묻혀서는 안 된다. 주인이나 손님의 바람직한 자격을 이끌어줄 가장 중요한 매체가 스스로 손을 놓고 있는 현실이다.

K양의 경우, 결코 우리 민족이 온정적이어서 그런 건 아니다. 어설픈 의식 문제로 추가 기운다. 맛집을 소개하는 분들도 싱싱하고 맛있고 밝은 부분만을 조명하고 있다. '한국 음식점이 수십만 개가 넘을 텐데 인터넷에 오른 맛집도 그 정도는 될 것이다. 제발 맛집이라 하지 말고 맛있는 집 좀 알려 달라'는 어느 블로거의 일침이 새삼스럽다.

지금은 음식 너머에 있는 길을 추구해야 할 때다. 미슐랭 가이드 따위의 문제가 아니라 우리 식문화 전반을 누군가 점검하고 지적하고 이끌어야 한다.

음식은 관광과 연계된 거대산업이다. 언젠가 한국방문위원회가 선정했던 부산의 어느 추천 음식점을 찾았다. 한국방문위원회는 서비스, 위생, 시설, 메뉴 등을 평가하여 참여한 10개 지자체에 각 다섯 업소씩 총 50여 곳을 선정한 바 있다. 서비스와 시설에 가중치를 둔다는 조항을 두었고, 홍보지원이나 맞춤형 서비스컨설팅을 제공한다는 내용도 덧붙였다.

우선 추천 음식점 주인을 찾아서 선정된 사실이 있느냐고 물었다. '아, 네 부족한 제 가게가 운이 좋게도… 잘 봐주셔서 그리되었겠지요.' 이런 대답이 자랑스레 튀어나올 줄 알았다. 한데 의외로 주인은 머뭇거리는 기색이 역력했다. 시간이 제법 흐르는 동안 이런저런 이야기를 나누고 나서야 의심이 풀렸는지 본심을 털어놓았다.

"선정된 것은 맞습니다. 하지만 한국방문위원회에서 언급한 대로 홍보지원이나 맞춤형 서비스컨설팅 제공은 없었습니다."

돌아온 답이었다. 오히려 그걸 기회 삼아 떨거지들이 얼마나 전화를 해대고 성가시게 하는지 다시는 그런 일이 없었으면 좋겠다는 심정을 드러냈다. 필자도 그런 부류의 한 사람으로 의심을 받았던 것이다. 이 지역 다섯 군데를 모두 찾아볼 계획이었는데 단 한 집으로 생각을 접고 말았다.

음식문화에 대한 우리 모두의 성찰이 필요하다. 음식에만 그렇겠냐마는 국가, 지자체 차원의 진정성과 애정도 그렇고, 자신의 권리를 찾는 개인들의 의식 성장도 절실하다.

맛집을 찾았던 다른 블로거의 말은 만족감 이상의, 환상적인 맛 이상의 여운을 남긴다.

"너무나 예쁜 식기들아, 너희와 함께한 오늘 환상적인 맛이었다. 너희들을 무어라 불러야 하나. 아니 어디서 왔니? 생각에 잠기다 보니 순간 훔치고 싶다는 생각이 들었다."

그녀의 행복한 저녁 식사가 그려진다. 그녀에게 행복을 안겨준 주인의 품격도 함께 떠오른다. 앞의 K양의 불결한 기억과 오버랩되는 장면이다.

공간도 그릇이다

일본 후쿠오카 중심가엔 단번에 시선을 끄는 '아크로스'라는 건물이 있다. 사각형의 건물을 대각선으로 45도 각도로 비스듬히 잘라낸 삼각형 형상이다. 자본주의 계산기로 두드릴 때는 도저히 생각하기 어려운 발상이다. 게다가 경사면에는 120종 5만여 그루가 넘는 나무를 심어 숲을 조성해 등산길을 만들어놓았다. 길 하나를 사이에 두고 있는 중앙 공원과 어울려 도심 속에 숲 하나가 조성되었다.

이 건물은 음악전용홀과 국제회의장을 갖춘 다목적 홀이다. 개방시간에 맞추어 계단을 따라 등산(?)을 하면 꼭 숲속을 오르는 기분이다. 꼭대기 전망대에서는 도시를 조망할 수도 있다. 세계적 관광도시 후쿠오카의 중심지, 얼마나 비싼 땅인가. 건물의 반이 날아가는 걸 몰라서 그랬던 것은 아닐 터, 하지만 아크로스는 도심의 오아시스로 사랑받고 있다.

빽빽하고 오밀조밀하게 산으로 밀고 올라가는 성냥갑 같은 도시의 아파트는 차치하고 보다 내밀한 곳을 들여다보자. 우선 질서나 정리가 보이지 않는 '간판의 세상'이 펼쳐진다. 광고는 자본주의 사회에서 경쟁의 상징이다. 가게의 간판도 일종의 광고이다. 그래서일까. 우리의 간판은 크고 요란하다. 시골 마을에 있는 중국 음식집도 건물의 너비만큼 긴 간판으로 자신을 홍보한다. 크기 경쟁만이 아니라 원색적인 유치함까지 갖추었다. 자신을 낮추는 겸양을 미덕으로 여기는 전통은 어디 가고, 왜 기를 써서 상대를 압도하고자 하는 것인지 모르겠다.

간판도 예술의 영역이다. 오스트리아 잘츠부르크 게트라이데 거리는 앙증맞은 간판으로 유명하다. 오래전 글을 모르는 사람을 위하여 가게에서 취급하는 물건에 맞추어 모형이나 그림을 붙인 데서 비롯되었단다.

신발가게에는 장화 모양의 모형을, 왈츠의 나라답게 춤옷을 파는 가게는 철제 모형에 춤추는 남녀의 모형을 넣었다. 크기는 그저 알아볼 만한 정도이다. 그런 모형 옆이나 아래에 예쁜 글씨로 상호를 표시했다. 내 가게만 도드라지도록 욕심내지 않는다. 가게가 크면 어울리게 조금 더 큰 글씨일 뿐이다. 여행자들이 올린 많은 사진만 보아도 금세 그 분위기를 떠올릴 수 있다.

일본여행을 해본 사람이라면 어딜 가나 간판들이 차분하게 정리되어 있음을 느꼈을 것이다. 1,300년이 넘는 전통의 온천 도시 야마시로山代에는 고급 온천 료칸 겸 요리점들이 있다. 개업한 지 거의 400년이 다 되어가는 곳도 있다.

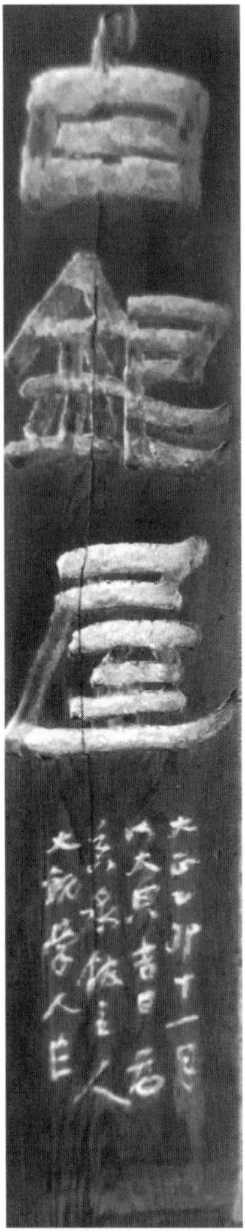

로산진이 제작한
시로가네야白銀屋
간판.

야마시로는 젊은 기타오지 로산진이 머물면서 간판 전각 작업에 몰두했던 곳이다. 사진에 있는 시로가네야白銀屋 간판도 그중 하나인데, 대문에는 천에다 글자를 모사하여 걸어놓았다. 실물은 폭 30센티, 길이 150센티 정도의 예서체 전각 간판인데 워낙 몸값이 대단해 집 안에 걸려 있다. 100년이 넘은 간판은 자체가 예술이다.

건물도 간판도 음식점으로 치자면 모두 그릇이며 멋이 드러나야 한다. 요리를 둘러싼 긴밀한 세계의 일부다. 탁자는 탁자대로, 장식은 장식대로, 또한 조명은 조명대로 요리와 호흡을 같이해야 한다. 요리가 종합예술이라는 인식에는 바로 이런 공간개념이 들어 있다.

탁자 옆에는 그릇이나 각종 도구, 빈 병 박스가 쌓여 있고, 언제 세탁했는지 모를 눅눅한 방석이 쌓여 있다. 벽에 걸린 그림이나 장식도 그저 구색을 맞추는 느낌뿐이다. 손님 자리 옆에 쌀자루가 놓여 있고 정수기 위에는 쓰다 만 행주가 놓여 있다. 냉장고 안에는 종류를 헤아릴 수 없는 물건들이 뒤섞여 있다. 우리 기억 속에 있는 흔한 그림 아닌가. 예술을 거론하기엔 민망하다.

화장실 문제는 입에 담기가 참담하다. 까치발을 하고 화장실을 다녀온 기억이 있으신지…. 음식과의 연결은 끔찍하다. 매일 꽃 한 송이 피어나는 화장실은 보기 어렵다. 화장실이 양변기가 아니라는 데 딴지를 거는 게 아니다. 이런 상황이라면 주인의 정성 하나로 오히려 가게의 존재감을 더욱 빛낼 수 있을 텐데, 주인들에겐 왜 그 공간이 보이질 않을까?

휴지를 버릴 곳이 없어, 갖고 걷다가 제법 많은 쓰레기들이 모여 있는 곳을 보면 거기다 버리고 싶은 유혹을 느낀다. 불결함이 불결함을 부르는 법이다. 한술 더 떠 주인이 손님들의 불결한 의식을 탓하며 불만을 토로하기도 한다. 깨끗할수록 지켜주고 싶은 것 또한 사람들의 본능임을 알아야 한다.

이 화장실을 보라. 옛날 일본 미노美濃 지방에서 구워오던 오리베 도자기를 소변기로 제작하고, 격자형 문양을 넣은 발 디딤대와 세트로 설치했다. 누가 이런 발칙한 상상을 했을까? 1930년대에 누가 집 화장실을 이렇게 꾸몄을까? 그 역시 기타오지 로산진이란 사람이다. 화장실이 이 정도라면 그 사람이 사는 공간은? 이 사람이 요릿집을 운영한다면 그 집은? 그런 분위기에서 요리를 허투루 하겠는가?

음식점은 배고프고 목마른 사람들과 일에 지친 영혼들에게 활력

로산진이 직접 디자인하여 도자기로 구워 자신의 집에 설치했던
화장실 변기 및 타일.

과 즐거움을 불어넣는 곳이다. 사막이 아름다운 건 오아시스가 있기 때문이라고 했다. 도시의 오아시스, 음식점은 그런 공간이 되어야 한다. 맛집이란 표현은 용량이 한참 부족하다.

커피가 '한 사발'이라니요?

유월 초순, 하동 적량면으로 접어들자 밤 주산지답게 산에는 온통 노란 밤꽃이다. 따사로운 햇빛이 부서지는 시골길에는 인적뿐 아니라 차량 통행마저 뜸했다. 내비게이션이 이끄는 대로 가는 초행길이었다. 도착지점이 가깝다는 안내를 따라 좁은 오르막길로 들어서니 양쪽에 늘어선 가로수가 하늘을 덮었다. 허, 이런 곳에 무슨 커피를 파는 카페가 있단 말인가. '카페'가 심어놓은 이미지 때문인지 의구심이 일었지만 어느새 산비탈에 아늑한 한옥이 몇 채 나타났다.

"뿌리가 없는 열매를 생각해보셨나요? 커피가 바로 그렇습니다… 우리 선조는 흙이며 우리는 거기서 자라는 나무입니다."

카페의 주인이 자리에 앉으며 꺼낸 첫마디였다. 그리고 예상한 대로 커피는 흔히 말차를 마시는 찻사발에 내왔다. 필자가 그 카페를 찾은 이유이긴 했지만 우선은 낯설었다.

'대한제국을 담다'는 특이한 슬로건을 내세운 카페 '양탕국'. '양탕국'은 부조화로 들릴 수 있는 단어 조합이다. 내용을 알면 더욱 그렇다 싶다가도 또 나름 고개를 끄덕이게 하는 이름이기도 하다.

김해, 부산 등지에서 커피점을 운영하던 H 씨가 왜 지리산 품속에서 새로운 이야기를 만들어 가는지 들어보았다. 그가 대뜸 꺼냈던 말, '뿌리가 없는 열매'라 한 것은 커피에 대한 생물학적인 표현이 아니었다.

2021년 대한민국 커피 수입액은 1조 원을 돌파했으며, 커피 시장 규모는 10조 원을 돌파한 지 오래되었다. 원두 수입국으로서도 세계 상위권이다. 거기에 비해 커피에 대한 우리의 인식은 심각한 문제를 안고 있다는 뜻을 담은 말이었다.

커피는 이미 특정한 나라의 것이 아닌 글로벌 기호품이 되었다. 브라질이 원두 생산 1위라고 브라질의 음료가 아니다. 청자나 백자가 중국에서 처음 만들었다고 해서 중국 문화로 보지 않는 것과 같은 이치다.

H 대표는 늦었지만 지금부터라도 커피를 외래문화가 아닌 우리의 것으로 만들어가겠다는 생각이었다. 우리는 정체성 없는 커피를 마시고 있으니, 그런 점에서 '뿌리가 없다'고 한 것이다.

커피는 커피애호가로 잘 알려진 고종황제 이전부터 이미 양탕洋湯국이란 이름으로 퍼져 있었다고 한다. '서양의 탕국'이라는 재미있는 이름이다. H 대표에 의하면 양탕국이란 이름은 민중들에 의해 명명된 것이며, 커피라는 원음을 사용하지 않고 독창적으로 붙인 민족 자긍심이 있는 무형문화라는 것이다.

일본으로부터 유입되기 시작한 양탕국은 점점 일본의 아류가 되어갔고, 일본 것을 흉내 내놓고 자기네 커피가 최고의 메커니즘이라 우기는 사람들이 많은 것이 우리 현실이라고 목소리를 높였다. 편의시설이나 인테리어로 승부를 건다거나 누가 더 오리지널 맛 혹은 독특한 맛을 내느냐는 것, 볶거나 내리는 기술적인 부분만 강조하는데, 거기엔 우리다운 것은 없다는 것이다.

일본은 자타가 공인하는 커피 대국이며, 최고급 품질의 원두를 생산하는 세계의 많은 농장들이 이미 일본인들의 손에 넘어갔다고 한다. 그들은 커피를 자기들의 브랜드로 만들어놓았다. 원두를 생산하지 않는 일본이 커피 수출 대국이 된 아이러니한 이유가 거기에 있다.

유럽 또한 마찬가지다. 카페라떼, 카푸치노, 에스프레소 등 커피 메뉴들에 보이는 이름들만 보아도 알 일이다. '메이드 인 브라질'이 아니라 '메이드 인 재팬', '메이드 인 이탈리아'이다.

그는 '메이드 인 코리아'를 위해서 스토리텔링을 시작했다고 한다. 장소를 고민했다. 결과, 우리의 모태신앙과도 같은 지리산을 우선 생각했고, 오랜 차문화 역사를 간직한 곳을 찾았는데 그곳이 하동이었다.

우리 민족은 사발 민족이라 할 만큼 사발에 탕을 즐겼기에 카페 양탕국의 사발 커피가 탄생했다며, 양탕국이 우리의 커피문화와 예술, 한국적인 문화를 담아내는 그릇 역할을 하게 할 것이라 한다. 그러고 보니 양탕국은 단순히 '커피를 사발로 즐기는 곳'이 아니었다.

하동군 적량면 동리 일대 산자락, 커피 마을엔 다양한 건물이 들어서고 있었다. 한옥 카페, 여러 체험장, 게스트하우스, 카페 옆엔 아름다운 공연장이 모습을 갖추어가고 있었다. 전형적인 한옥 건물이었다. H 대표는 건물의 지붕들을 맞배, 팔작, 우진각 지붕 등으로 설계하여 전통 건축문화를 보고 느낄 수 있도록 했다고 설명했다.

커피를 담는 그릇인 사발을 만드는 가마도 있으며 체험도 할 수 있다. 커피와 관련한 기술적인 체험뿐만 아니라 '양탕국과 우리 그릇', '한지 공예 체험' 등의 프로그램도 준비되어 있다. 간단한 요리도 내놓고 있지만 앞으로 좀 더 개발할 예정이란다.

뿐만이 아니다. 지리산 근방에서 생산하는 건강한 농산물이나 양탕국에서 생산하는 효소, 건나물, 커피, 장류 등의 직매장을 운영하여 농민과 도시민 사이의 교류를 마련하고 있다. 딸기나 고구마 등 커피 요리에 들어가는 재료는 직접생산을 원칙으로 한다. 시작 단계지만 아라비카 종 커피나무 수백 그루를 심어 재배하고 있었다. 커피 수출까지도 생각한다는 야심찬 말이 빈말로 들리지 않았다.

그의 말이 이해되었다. 한국 커피의 정체성이란 마치 고려 상감청자처럼 우리다운 뿌리를 내려야 한다는 거였다. 그는 마실 거리 하나를 말하고 있지 않았다. 요리가 음식에 한한 게 아니듯 커피, 아니 양탕국 또한 마찬가지였다. 양탕국을 씨앗으로 하여 그를 둘러싼 우리의 문화를 알아가고 즐기자는 제안을 하고 있었다. 커피에 덧씌워진 양탕이라는 의미를 양탕국이라는 이름으로부터 벗기고자 하는 것이다. 흔한 말로 가장 한국적인 것이 세계적인 것이 될 수 있다는 자신감이었다.

"양탕국 한 사발 하실래요?"

그의 이야기는 요리를 하는 사람들에게도 날카로운 은유로 다가갈 무게를 지니고 있었다.

미식, '맛있는 것'이 아니라 '맛있게'

미식美食이란 말이 유행어 반열에 든 지 오래되었다. 미식가, 미식여행, 미식예찬…. 과연 미식이란 무엇일까.

"미식이란 맛있는 것을 먹는 것이 아니라 맛있게 먹는 것이다."

전설적인 일본 미식가 기타오지 로산진이 남긴 이 말은 그다운 명언으로 읽힌다.

이 말을 논어에 대입시켜 보면 그럴듯하다.

지지자 불여호지자 호지자 불여락지자(知之者 不如好之者 好之者 不如樂之者). '아는 것은 좋아함만 못하고, 좋아하는 것은 즐기는 것만 못하다'는 뜻이다. 맛있는 걸 찾는 것은 좋아하는 걸 찾는 것이다. 하지만 맛있게 먹는 것은 음식을 즐기는 것이다. 그러나 어찌하랴, 알지도 못한다면 즐기는 것은 고사하고 좋아하지도 못할 것이다.

> 한 잔 먹세 그려, 또 한 잔 먹세 그려.
> 꽃 꺾어 산算 놓고 무진무진 먹세 그려.

조선 중기 정치가이자 시인인 송강 정철이 지은 '장진주사'라는 사설시조의 첫머리이다. 물가에 차려놓은 조촐한 술상을 사이에 두고 주흥이 무르익어간다. 운을 부르면 시가 오고, 시가 오면 술이 가고 권하거니 받거니….

한 잔을 비울 때마다 옆에 핀 진달래 꽃송이가 상 위에 늘어난다. 얼굴만 붉어지는 것이 아니라 술상에도 홍조가 가득 피어오른다. 부족함이 어디 있으며, 무슨 맛있는 것을 찾을 필요가 있는가. 친구와 대작하며 그저 아름다운 봄날을 만끽하는 것으로 족한 것이다. 유하주流霞酒가 따로 있나, 그날 마시는 게 곧 신선주가 아니겠는가. 그저 즐기면 족한 일이다.

하지만 즐긴다는 것, 말과는 달리 참 어려운 일이다. 그건 주체의 문제에 국한될 것 같지만 실은 객체의 역할이 크다. 누군가 그렇게 이끌어준다면 더욱 행복한 일일 것이고, 그래서 사람들은 그런 곳을 찾아다니는 게 아닐까 싶다.

오랜만에 지인들과 함께했던 부산의 어느 음식점이 그랬다. 나무로 제작한 아담한 상호가 대문 위에 걸려 있는 집이었는데, 마치 도심 속의 섬처럼 아담하고 싱그러웠다. 작은 정자까지 갖춘 마당엔 옹기 장독과 화초가 어울려 있었다.

넓지는 않았지만 손길이 많이 간 흔적이 곳곳에 묻어나는 2층 목조 가옥이었다. 2층으로 오르는 계단이나 마루도 모두 나무였고, 곳곳에 놓인 화분들이 마음을 다독여주었다.

안내된 방은 여덟 명이 앉을 수 있는데, 유리창으로는 1층 옥상에 가지런히 정돈된 장독 수십 개가 정겹게 다가왔다. 장식장에는 베를 짤 때 사용하던 북이나 옹기 등잔, 유기그릇 등이 진열되어 있다. 손때 묻은 반닫이나 대소쿠리도 보인다. 잊고 있던 기억을 살려내는 물건들이었다. 민속박물관 같은 분위기라 한정식이라는 테마와 잘 맞는 느낌이었다.

어떤 이는 일본풍의 그릇을 사용한다고 지적했는데 필자가 보기엔 전혀 그렇지 않았다. 설령 그랬다 하더라도 일본풍이라는 말은 그 분위기에선 아무런 의미가 없다. 이미 즐거움을 줄 만한 공간이었다.

그 외에도 직접 담근 장이나 효소를 사용한다거나 유기농 채소, 약용가치가 높은 재료를 사용한다는 주인의 마음도 즐겁고, 그날은 가랑비마저 내려 운치를 더했다.

맛은 어땠을까. 그것은 언제나 어렵다. 어쨌든 필자는 '오묘한 맛'이라든가 '환상적인 맛' 같은 표현은 낯간지럽다. 종종 문학적으로 표현하다 보면 따라오는 과장하고는 다르다. 미각은 어차피 주관에 가깝다. 필자가 그리 좋아하지 않는 메밀 부꾸미를 가장 맛있다고 평가하는 사람이 있는 걸 보면 말이다. 어쨌거나 우리는 '맛있게, 즐겁게' 먹었다.

복잡한 도심 한가운데서 쉽지 않은 일이지만 아늑한 풍경 속에서 지인들과 함께했던 기억은 즐겁다. '맛있는 것'도 좋지만 '맛있게' 먹을 수 있는 무엇을 기대하는 마음으로 음식점을 찾으면 어떨까.

『요리의 거장 에스코피에』에 나오는 이야기다. 베트남 독립의 영웅 호치민이 한때 에스코피에의 주방에서 일했다고 한다. 새벽 2시경, 젊은 호치민이 칼 마르크스의 『자본론』을 읽고 있는 것을 본 에스코피에가 물었다.

"엥겔스의 행복에 대한 정의를 알고 있나요?"

"그럼요, 샤토 마고 1848년산 와인 한 병이지요"

샤토 마고가 맛있어 행복한 것인지, 샤토 마고를 즐길 수 있어 행복한 것인지 알 수 없지만, '투쟁'이라고 대답한 마르크스보다는 참 '맛있게' 표현하지 않았는가.

요리의 완성, 재료

사계절이 뚜렷한 우리에게는 '제철'이란 말이 꽤나 자주 쓰인다. 주로 과일이나 생선, 채소 등과 어울리는데, 적당한 시절이나 때를 가리키는 말이다. '가장 좋을 때', '자연적으로 완성된 때' 등으로도 무난할 것이다

'제철 만난 꽁치를 놔두고 돔을 찾는 사람'들의 어리석음도 있으며 '봄 부추는 인삼 녹용과도 바꾸지 않는다'는 제철 재료의 가치도 있다.

제철에는 맛과 영양, 자연의 이치가 들어 있지만, 이 시대는 보존을 위한 냉장기술이나 생산기술이 눈부시게 발전하여 제철이 무색하게 되었다. 한겨울에 딸기를 먹고 싶은 아버지를 위해 눈밭을 헤맸다는 효자 이야기도 더 이상 흥미로운 설화가 아니다.

어쨌거나 요리는 곧 재료이다. 사람마다 다르겠지만 재료가 요리에서 9할의 비중을 지닌다고 주장하는 요리인도 있다. 굳이 제철이 아니라 해도 싱싱한 재료를 찾는 노력은 상식이다. 배달되는 식재료를 가지고 요리를 하는 것은 로봇과 다름없다는 어느 요리인의

말을 방송에서 얼핏 들은 적이 있다. 꽤나 의미심장한 말이다.

'장사 잘되는 집을 찾으면 실패하지 않는다'는 말이 있다. 재료의 순환이 원활해 싱싱하다는 의미이다. 전적으로 동의하지는 않지만 제법 논리적이다.

"식품이 오늘날처럼 안전했던 적은 없다. 또 소비자가 지금보다 더 불안했던 적도 없다. 이유는 불신에 있다."

어느 학자의 말처럼 불신을 주지도 않고, 불신을 가지지 않는 시대라면 말이다.

일본의 유서 깊은 료칸旅館문화는 요리와 결부되어 있다. 각 료칸마다 나름의 요리가 자부심이었다. 요리영웅으로 거듭난 로산진이 만년에 여행을 할 때, 묵는 료칸에서 귀빈 대우를 받는 것은 당연했다. 주인들은 로산진을 모시고 싶어 안달을 했는데, 그럴 땐 항상 지필묵을 준비하고 정중하게 글을 부탁했다. 그때 가장 많이 써준 글이 '持ち味を生かせ'다. '가지고 있는 본래의 맛을 살려라'라는 의미다. 무엇보다 식재료에 대한 공부를 주문한 것이다.

필자는 기타오지 로산진을 제쳐두고 식재료 이야기를 한다면 온전하지 않다고 생각한다. 매우 인상적인 식재료 이야기를 해보자. 1925년 3월, 기타오지 로산진에 의해 문을 연 일본의 전설적인 요리요정 '호시가오카샤료星岡茶寮'에서 사용한 식재료는 전국을 망라했다.

그 시절부터 쌀은 그날 사용할 분량만 도정을 했다는 것은 주목

받을 만하지만 그에게는 대수롭지 않은 일이었다. 로산진은 절대로 식재료 값을 깎지 않았는데, 이유는 깎으려 들면 상인들은 미리 부풀린다는 것이다. 그건 믿음이기도 하면서 좋은 재료를 확보하는 나름의 전략이었는데, 그런 정도로는 전설이 될 수 없다.

일본 열도에서 수산물로 유명한 곳은 가가加賀 지방이다. 우리의 동해 쪽이다. 로산진은 가가의 어패류를 주로 사용했다. 도쿄까지는 어마어마한 수송비용 때문에 감히 엄두도 못 낼 일이지만 그는 좋은 재료 외엔 관심이 없었다.

기타오지 로산진이 은어를 수송했던 이야기는 진정 전설이다. 은어구이는 일본 사람들이 오래전부터 열광하는 요리다. 지금은 은어잡이 시기가 정해져 있어 제철 요리로 각광받고 있다.

은어는 서식환경에 따라 맛과 향이 천차만별이라 한다. 특히 깨끗하고 수량이 풍부하면서도 물살이 센 곳의 은어가 품질이 좋다. 로산진은 교토 근처의 단바丹波 지방이나 와치가와和知川의 어린 은어를 높이 평가했다. 물론 도쿄에서 가까운 곳에서도 얼마든지 은어를 구할 수 있지만 눈길도 주지 않았다. 거리로 보면, 교토에서 도쿄까지 지금의 교통시설로도 360킬로미터는 너끈하게 넘을 정도일 것이다.

은어 요리를 주문받으면 로산진은 단골 업자에게 전화를 걸었다. 신선함을 위하여 손님의 예약날짜와 시간, 수송시간을 고려하여 주문했다. 은어를 포획하는 시간까지도 지시할 정도였다니 그것만으로도 정성을 짐작할 만하다.

그 정도라면 굳이 전설이라 할 것까지 없다. 까다로운 조건이나 열악한 교통은 로산진의 고려 대상이 아니었다. 밤 12시쯤, 포획한 은어를 수송용 트럭 수조에 싣고 출발한다. 은어는 격한 물살을 즐기는 물고기다. 그렇지 않으면 스트레스로 신선함을 잃고 만다. 따라서 중요한 포인트는 인부가 쉬지 않고 바가지로 물을 퍼부어 거친 물살을 만들어주어야 한다는 것이다.

이렇게 교토에 도착한 은어는 급행 우편열차를 기다린다. 기다릴 때나 열차에서나 은어를 다루는 방법이 다르지 않다. 수온조절은 얼음으로 하며, 도중에 나고야와 누마쓰에서 신선한 물을 보충했다.

이렇게 하여 잡은 지 이틀째에 교토나 오사카에서처럼 도쿄에서 최고의 은어를 요리했다. 은어가 제철을 맞으면 거의 매일 이렇게 수송했다고 하니 식재료의 전설이라 할 만하지 않은가.

효고현의 아카시明石 해협은 도미가 맛있기로 유명하다. 그는 물고기가 스트레스를 받으면 맛이 떨어진다는 걸 알고 있었다. 역시 수송시간을 줄이는 것이 중요했다. 그래서 아카시 도미를 수송할 때는 비행기를 이용할 정도였다고 하니 더 이상의 언급이 필요할까. 그것도 1920년대에 말이다.

지금도 어느 음식점은 자가 도정, 자가 제면을 내세운 마케팅으로 손님들이 줄을 서서 기다릴 정도로 사랑을 받고 있다. 많은 블로거들의 탐방기를 보면 재료에 대한 그 정도의 정성은 이젠 낯선 것도 아니다. 소비자들이 즐거워해야 할 소식이다. 음식에 대한 요리인의 사랑이며, 손님에게는 맛과 믿음을 주는 것이기에 이런 이야기들이 더욱 풍성해지기를 기대한다.

우리는 누구나 알고 있다. 가히 신과 같은 솜씨를 지닌 요리사가 온다 한들 묵은쌀로 햅쌀 밥맛을 낼 수 없다는 것을. 꼭 제철이 아니라도 괜찮다. 인간의 몫은 주어진 조건에서 재료에 대한 믿음과 그것을 지켜내려는 정신에 있다.

요리에서 조화 혹은 궁합

백자 접시에 하얀 마를 썰어 올리면 본새가 날까? 검은 찻잔에 담긴 잎차에서 싱그러운 매력을 느낄 수 있을까? 사람들은 종종 족발과 젓갈, 홍어 삼합, 산성인 오징어와 알칼리인 채소 등 조화 혹은 궁합에 대해 이야기한다.

우린 맥주와 땅콩, 삼겹살과 소주, 토마토와 설탕 등 잘 알려졌던 조합이 그리 좋지 않은 조합으로 밝혀져 씁쓸해하기도 한다. 이것은 속설과 과학의 차이이다. 백자 접시와 마의 조합은 속설과 과학을 떠나 환영받을 어울림은 아닐 것이다. 그릇과 요리의 문제라면 말이다.

짚방석 내지 마라 낙엽엔들 못 앉으랴
솔불 켜지 마라 어제 진 달 돋아 온다
아해야 박주산채일망정 없다 말고 내어라

조선시대 명필, 한석봉으로 더 잘 알려진 한호의 시다. 박주와 산채, 탁주와 산나물은 예로부터 검증 이전에 고전이 된 조합이다. 성분을 분석하고 칼로리를 따져볼 일은 아니다.

산촌에 가을이 찾아왔다. 짚방석이 있다고 해도 진주홍 나뭇잎이 내려앉은 자리를 넘어설 수 없으며, 관솔불 또한 솟는 달을 대신할 수 없다. 고요한 달밤, 멀리서 찾아온 벗, 개다리소반 위 한 병의 탁주와 산나물 한 접시면 족하고 충분하다.

궁합의 다른 말은 이야깃거리가 아닐까. 그게 어떤 연유로 생겨났든 나름의 이치에 뿌리를 두고 있다. 거창하게 음양이나 오행에 근거하기도 했으며, 지금은 과학적 검증이 대신하고 있다고 할까.

그릇도 궁합으로 선택해야 한다. 일본이 자랑하는 문화인 다도에서 찻사발은 가장 주목받는 다도구이다. 말차가 지닌 색과 사발의 어울림 같은 기본적인 것을 떠나 다도철학이 지향하는 세계에 합당하다는 깊은 부분까지도 찻사발의 궁합 영역이다.

처음부터 그랬는지는 모르겠지만 지금 다도에 사용하는 사발을 겨울용과 여름용으로 나누기도 한다. 나누는 기준을 보면 삼척동자도 알 만한 상식이다. 예를 들어 전체적으로 좁으며 통으로 된 사발은 겨울용, 입을 대는 전 부분이 넓적하게 펴진 것은 여름용이다. 계절에 따라 온기를 가두는 것이 다름을 말하는 것이다. 궁합이란 이렇게 자연스러움이다.

일본인의 그릇 사랑은 남다르다. 도자기 사용이 일상화되어 있으며 유리나 칠기 등 적재적소에 어울리는 식기를 사용하려 한다. 적재적소란 조화나 궁합을 말한다.

도자기로 한정하여 말하자면, 전통적 도자기의 예술성에서는 우리와 중국에 뒤졌지만 현대로 오면서 실용화한 점에서는 우리가 따르지 못한다. 그들의 요리에는 계절이나 상황에 따르는 그릇 이야기가 있고, 음양의 이치도 개입되어 있다.

이론적으로 일본 요리그릇은 크게 차카이세키용, 요릿집용, 가정용으로 나뉘는 것으로 알고 있다. 차카이세키용은 다도에서 나오는 요리에 사용하는 그릇이다. 따라서 세속을 벗어난 분위기에 '와비·사비'라는 일본 특유의 다도정신이 배어 있어야 한다.

요릿집용은 멋스러움과 운치, 매력을 갖추어 음식과 술을 즐길 수 있도록 해주어야 하며, 가정용은 무엇보다 실용적이어야 한다. 하지만 이런 건 이론일 뿐, 그릇을 선택하는 것은 어떤 자리에서건 요리를 담당하는 사람의 몫일 뿐이다.

예로부터 일본 그릇 형태의 기본은 둥근 것이었다. 그들은 둥근 것을 가장 진실한 것으로 받아들였다. 둥근 것을 기본으로 해서 변형시켜 나갔다. 서예에 비유하자면 해서를 기본으로 익힌 다음에 행서, 초서로 나아가는 과정과 비슷하다.

그래서 일본 요리인들이 모리쓰케盛り付け—나는 차림멋이라 표현하기를 제안한다—를 익히는 수업에 주로 둥근 그릇을 사용한다는 것이다. 여기서 확실하게 모리쓰케를 익히지 않으면 모양이나 크기가 변화하는 데 적응하기가 어렵다. 각종 스포츠에서 상황 대처 능력을 요구하지만 그건 결국 기본기에서 출발하는 것과 같은 이치다.

일본인들은 그릇에 있어 음양의 조화를 이렇게 전해왔다. 일본에서 물레를 사용한 것은 1,300년 정도 되었다. 물레를 사용하여 만든 둥근 모양의 발이나 접시는 '양陽의 형'이라 하며, 요리는 모두 양의 그릇에 차리는 것이 기본이었다. 이에 비해 각을 지닌 상床은 '음陰의 형'이라 했다. 이렇게 해서 음양의 조화를 이룬 밥상이 차려진다는 것이다.

에도시대 초기 일본에 자기가 일반화되었고, 말기에는 수출과 더불어 큰 그릇들이 사용되기 시작했는데, 둥근 접시 가운데서 직경 30센티미터 이상의 큰 것은 음의 그릇이라 생각했다. 왜냐하면 이전에는 그런 것이 없었기 때문이다.

계절에 따른 요리가 있으며, 계절에 따른 그릇도 있다. 그렇지만 철저하게 나누어지는 것은 아니다. 매화나 벚꽃을 수놓은 그릇은 당연히 봄에 사용하며, 봄에는 짙은 색감의 그릇은 피한다. 여름이면 시원함을 연출하기 위한 색감을 선택하며, 깊이가 얕은 그릇을 사용한다.

이런 건 상식적인 수준이지만 때론 '봄의 요리는 부드럽고 화사한 분위기를 내야 한다'처럼 추상적이기도 하다.

결국 세 가지로 정리된다. 요리가 돋보이는 그릇, 손님의 눈을 즐겁게 하는 그릇, 음식점의 격조를 높이는 그릇을 사용해야 한다는 것이다. 모두 주관적일 수도 있지만 그걸 객관으로 만드는 것이 요리인의 진정한 내공일 것이다. '개 발에 편자'가 아니라 '옷이 날개'가 되도록, 요리인에게 요구되는 중요한 자질 하나를 더 주문한다.

메모로 음미하는 임지호의 요리

고 임지호 요리사의 요리 한 점을 발췌하며 또 한 번 그를 기린다. 이 요리는 자기에게 '자연'을 알려 준 스승이며, '마지막 용기'를 주신 아버지를 위한 요리라고 한다. 역시 임지호다운 철학이 스며 있다.

"우선 쇠머리를 준비했습니다. 쇠머리뼈와 껍질, 그리고 토종닭을 네 시간 동안 고아 국물을 만듭니다. 거기에 레몬글라스와 생강, 인삼, 죽염으로 간한 다음, 그것을 굳혔습니다. 사실 이 요리는 경주 김씨 가문에서 정월 초하루 때 먹는 피편이라는 음식입니다. 그것을 응용하여 아버지를 위한 요리를 만듭니다. 그리고 시금치와 치자, 비트를 이용해 세 가지 색으로 물들였습니다. 천지인을 상징합니다. 소뼈를 가져온 것은 소가 조상신이라고 여겼던 토속신앙에서 아이디어를 얻었습니다.

모든 것을 주고 떠난 아버지, 결국은 자연으로 돌아가는 인생의 과

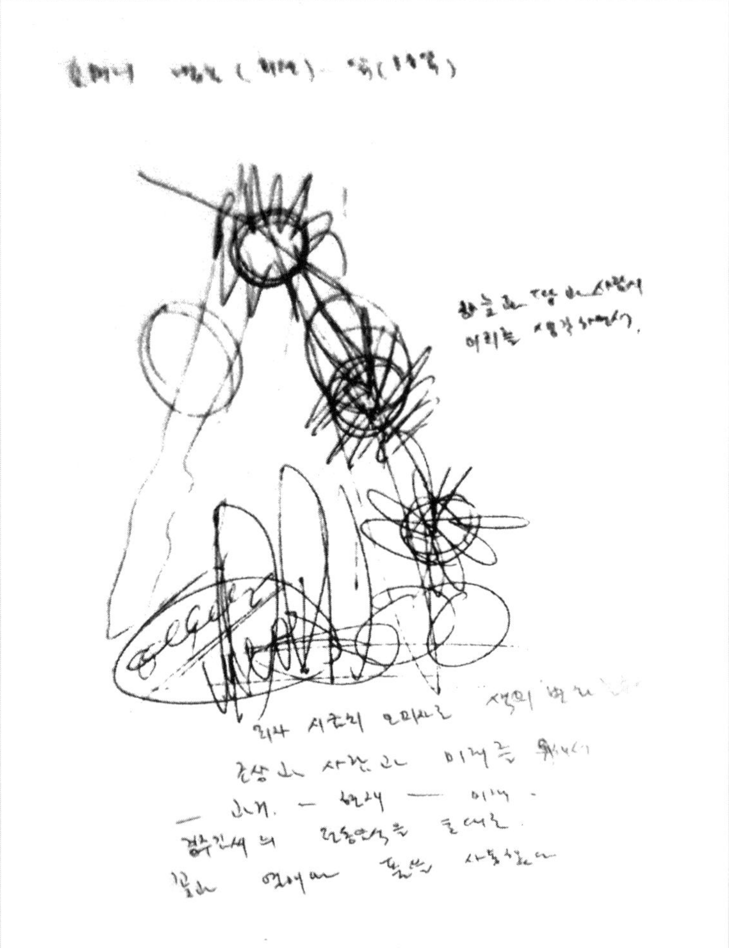

임지호의 요리 메모. 조상과 사람과 미래를 위해서… 과거-현재-미래…
꽃과 열매와 풀을 사용했다…. 등의 글귀가 보인다.
그는 종종 요리를 구상하는 그림 메모를 남겼다.

정을 여기에 담아봤습니다. 아마 아버지가 말한 하늘이 아버지가 아닐까 생각해 봅니다. 그 하늘에게 이 요리를 바칩니다."

-『마음이 그릇이다 천지가 밥이다』 중에서

3장

문학으로 음미하는 요리

위대한 유산으로 남은 고전 하나, 『음식디미방(飮食知味方)』

"숟가락으로 떠먹는 술이 있다는데 정말입니까?"

요리 시식회에 앞선 강연에서 얼핏 들은 말이 생각나 물었다.

"그럼요. 이게 바로 그것, 감향주입니다."

행사를 진행하는 분이 사발 하나를 내려놓았다. 겨자를 연상하게 하는 색이었는데 언뜻 보기엔 그냥 죽 같았다.

"술을 권하기가 좀 그렇군요."

난생처음 맛보는 술에다가 길들여지지 않은 주법에 일행은 서로 얼굴을 보며 웃었다. 한 숟갈 떠먹어 보니—마셨다고 해야 하나—보기완 달리 탁한 맛이 전혀 없었다. 뒤끝에는 단침이 솟는 향기로움이 있었다. 오래전 어머니가 담근 막걸리 술지게미에서 나던 향과 맛도 숨어 있었다.

봄비가 송홧가루를 시샘하던 오월의 어느 날 밤 이야기다. 바람과 작당한 비가 내내 거칠게 굴던 하루였지만 그날 밤은 향기로웠다. 삼백사십여 년을 거슬러 오른 맛기행이었다. 정갈하고 고운 한

여인의 삶에 취하되 그가 남긴 손맛을 통해서였기에 대구까지의 발품이 고단하지 않았다.

장계향 선생, '여중군자女中君子'라 일컬어졌다고 하는 그녀의 삶은 인정받았다. 시, 서, 화뿐만 아니라 자식으로서 아내, 어머니로서 반듯했다. 자식을 잘 키워 정부인의 호칭을 얻었다. 그런 선생의 삶은 가문의 기록에 의해 분명히 확인되었다.

무엇보다 선생을 소중하게 회고해야 할 이유는 따로 있었다. 남성 중심의 기록 언저리에서 풀어낸 선생의 삶이 아니라 의미심장하게 또박또박 눌러 쓴 『음식디미방飮食知味方』을 선생이 지닌 가치의 중심에 세워야 한다.

『음식디미방』은 한글로 서술한 최초의 음식조리서이다. '디미방知味方'이란 구개음화가 이루어지기 전의 표현으로 지미방을 말한다. 음식의 맛을 아는 법, 좋은 음식 맛을 내는 법 등으로 풀이가 가능하다. 레시피로 보면 되지만 요즘으로 치면 미식에 관한 이야기이다. 16~17세기에 남긴 요리의 미학이 담긴 기록이다.

한글로 기록했다는 것은 획기적이다. 수려한 필체를 지녔다는 평가를 받고, 널리 학문에 통달했던 선생이 한글을 선택했다는 것은 놀랍다. 여성의 문화였던 음식조리는 역시 여성적인 문화였던 한글이 제격이었을 터이다. 또 정확한 전달을 염두에 두었을 것이니 한문을 배제했을 것이다. 이렇게 독자의 눈높이에 맞추고 효율적으로 편집되어 있는 저작이다. 중국 당나라 때 '다성茶聖'으로 불리는 육우가 쓴 세계 최초의 다서가 『다경茶經』이다. 차의 경전인 셈이다. 그런 의미에서 아시아 최초의 여성 음식조리서인 이 책을 '식경食經'이라 부르기도 한다는데 우리에겐 흥미롭다기보다 자부심을 담아낸 그럴듯한 비유다.

선생의 저작을 토대로 한 요리 교육이나 프로그램이 전국적으로 진행되고 있다. 『음식디미방』이 세상에 알려진 시기에 비하면 '아직'이지만 그 책을 주목해야 하는 이유는 분명해 보였다. 강연과 시식회에 참여했던 사람들은 참으로 놀라워했다. '아, 이런 분이 계셨다니….' 자부심도 가지는 듯했다. 너무 북적이는 바람에 본래의 접빈엔 이르지 못해 아쉬웠지만 수백 년 전 조리법대로 만들어진 음식을 먹는 기분은 흥분과 뿌듯함이었다.

『음식디미방』에는 양반가의 음식 146가지의 조리법이 기록되어 있다. 그날은 그중 19가지의 요리가 뷔페식으로 제공되었다. 석이버섯, 표고버섯, 생꿩고기, 잣을 다져 간장과 참기름에 볶아 만든 소를, 얇게 저민 생선살에 녹두가루를 입혀 말아낸 어만두, 돼지고기를 도톰하니 적당한 크기로 썰어 기름간장에 재워 밀가루를 입혀 요리한 가제육 등 낯선 레시피들을 접했다.

거기서 한 사발, 한 접시의 낯설고도 익숙한 문화를 보았다. 한 순갈의 감향주에서 오래 묵은 술 향기를 맡았다. 접시 위에 그려진 한 폭의 한국화를 보았다. 장계향 선생의 부엌에서 일어났던 갖가지 이야기가 살아났다. 손님을 향한 아낙의 맛깔스런 접빈을 보았다. 51가지나 된다는 주국방문, 즉 가양주(집에서 담그는 술)를 생각하니 그 집을 방문하는 손님들은 얼마나 향기로웠을까 부러웠다.

맛을 이야기하지 않을 수 없다. 줄을 서서 기다리는 동안 강하고 자극적인 맛에 길들여진 자신을 잊고 연신 고이는 침을 삼키며 특별한 맛을 상상했다. 그들은 어떤 은밀한 맛을 즐겼을까? 양반가 비전祕傳의 미식은 어떤 것이었을까? 길게 늘어선 줄은 더디게 나아가고 있었다.

맨 처음 맛본, 사골과 표고버섯의 만남인 우족탕은 담백했다. 면병류인 전화법(화전)이나 석이편법은 달지도 않고 부드러워 입에 꼭 맞았다. 강정처럼 고물을 입힌 잡과편법은 현대적이었다. 채소로 만든 잡채나 더덕 튀김 같은 섭산삼병은 곧바로 건강식이라는 느낌이 꽂혔다.

하지만 달걀로 면을 만든 난면법, 생선살로 만든 어만두, 숭어만두 등 대부분의 맛은 느낌(!)이 아니라 의아함(?)이었다. 이건 뭐지? 맛을 설명한다는 건 늘 어렵지만 우선 싱거웠다. 무미무향이 언뜻 스쳤다. 잠시 혼돈이 머물다 갔다. 자극적인 맛에 길들여진 자신을 확인하는 순간이었다.

'아! 그렇지. 이건 문화의 시대적인 충돌인 거야.' 눈을 감고 천천히 음미하자 정리가 되어갔다. 심심함, 담백함, 은근함이었다. 이것을 먹을 것으로만 여긴 말초적인 감각을 나무라야 했다. 그러니까 극적으로 전해온 위대한 유산이었다. 음식에 귀를 기울여보아야 했다.

"이 책은 눈이 아주 어두운 가운데 어렵게 썼으니 그 뜻을 잘 알아서 그대로 시행하라. 딸자식들은 각각 베껴 가되, 가져갈 생각은 하지 말고 부디 함부로 다루어 훼손하지 말라."

300년이 훨씬 지난 지금, 장계향 선생이 남긴 말을 곱씹는다. 이 책의 말미에 유언처럼 남긴 말이다. 기록이 남성의 전유물이었던 시대에 남긴 의도와 목적이 뚜렷하게 찍힌 말이다. 자신의 필요에 의한 책이 아니었다. 선생은 이 책을 후손에게 남기고자 했다. 장계향 선생은 지성과 감성, 안목을 갖춘 '조선요리의 군자'가 아닐까.

기록의 의미를 알았다는 것만으로 선생은 선각자다. 기록을 넘어서는 역사는 없다. '적어두지 않았다면 그것은 존재하지 않는 것이다.'는 린다 긴젤Linda Ginzel의 말이 새삼스럽다. 『음식디미방』은 그것만으로도 한국음식의 미래였고, 지금의 요리인들이 새길 만한 정신의 기록이다.

맛있는 집을 순례한 원조,
어느 소설가의 가치

오래전에 〈백년의 가게〉라는 텔레비전 프로그램이 있었다. 장인 정신을 보여주는 좋은 아이템이었다. 굳이 100년은 아니라도 그 정도의 역사를 이어왔고 또 이어갈 가게들이 대상이었다. 수백 년을 이어온 구두 가게, 레스토랑, 과자 명인, 수제 가죽가방 등 다양한 장르를 보여주었다. 오래도록 이어온 전통을 통해 현재를 돌아보고 미래를 내다보게 하는 유익한 프로그램이었는데 아쉽게도 오래가지 못했다. 2년이면 짧은 기간은 아니지만 세계적인 장수가게를 대상으로 한다는 점에서는 그랬다.

프로그램이 단명한 이유는 한국적 상황 때문이 아니었을까 하는 것이 필자 나름의 분석이다. 방송 조건에 들어맞는 가게나 회사가 우리나라에는 통틀어도 손에 꼽을 정도니 자꾸만 외국의 사례가 방송될 수밖에 없었을 것이다. 그러다 보니 오히려 자격지심을 키운다고 생각했을 가능성을 지목할 수 있다.

우리라고 왜 없었겠나만 우리 근대 역사에는 일제강점기가 자리 잡고 있다. 많은 것들의 맥이 거기서 끊겼다. 그렇더라도 20세기 초에 생긴 가게라면 이젠 백 년의 역사를 지닐 것이다.

가장 많은 것이 음식점일 텐데 그걸 증명할 수 있는 재미있는 책이 있다. 『장군의 아들 김두한』을 썼던 소설가 고 홍성유의 『한국의 맛있는 집 1234점』이다. 1987년 첫 출간 후, 두 번 더 증보를 거친 책이다. 필자가 그걸 보고 조선 후기 고산자 김정호가 한반도를 발품 팔아 완성한 국보 '대동여지도'를 떠올린 것은 심한 과장임을 인정하지만 무척 흥미로운 발상의 책이다.

그 책은 작가가 오랫동안 신문에 연재했던 걸 모아 출판했던 음식점 소개 시리즈 최종본이었다. 제목처럼 천 곳이 넘는 맛있는 집을 소개하고 있다. 작가가 모두 가보았는지는 알 수 없지만 그때까지 그런 방대한 자료는 없었다. 이 책에는 50~60년이 넘는 가게들이 제법 나온다. 책이 나온 지 30년이 훌쩍 넘었으니 이제 그곳들은 '백년의 가게' 반열에 들 수 있지 않을까 하는 생각을 했다.

책을 들여다보자. 모든 가게의 정보는 한 쪽 분량을 넘지 않는다. 구성을 보면 간단하다. 마치 휴대용 지도 같다. 식당 이름을 맨 위에 놓고, 밑에 주된 음식과 전화번호, 그리고 주소가 있다. 본문에서는 가게의 역사나 음식들을 소개하기도 하며, 자기가 느낀 맛이나 특징을 묘사하기도 한다. 반드시 가격을 제시하고 마지막으로는 주차공간과 함께 어김없이 카드 사용 가능 여부가 있다. 격세지감을 크게 느끼게 된다.

지금이라면 소용없는 책이 분명하다. 어마어마한 음식 블로그가 있으며, 누구나 특별한 맛기행 경험담을 자유자재로 올려 공유하기 때문이다. 게다가 맛깔스러운 사진으로 꼼꼼하게 정보를 제시한다. 주소나 전화번호만 알아도 자동차는 정확하게 거기에 데려다준다. 거꾸로 식당에서도 자신의 홍보를 적극적으로 하기 때문에 손안의 인터넷으로 검색이 가능하니 이 책은 거추장스러울 뿐이다. 하지만 시대적 상황에서 보면 매우 독특한 발상이었음은 부정할 수가 없다.

우리나라는 인구 대비 식당이 가장 많은 나라라고 한다. 너무 쉽게 개업한다. 통닭집은 악순환의 모습을 극명하게 보여준다. 대체 누구를 위한 일인지 모르겠는 게 오늘날 한국의 음식점 창업 현실이다. 보통 창업 후 5년 이상 유지되는 가게가 스무 곳 중 하나라는 개탄이 무색하게, 창업이 가장 손쉬운 방법이라 생각하는 모양이다. 무모하게 불에 달려드는 불나방이 따로 없다는 느낌이다.

그런데 내용을 정리해보니 놀라운 점이 발견되었다. 부산의 경우를 예를 들어 설명해보자. 이 책에 부산은 기장군을 포함해 56곳의 식당이 소개되어 있다. 인터넷을 통해 지금도 영업을 하고 있는지 찾아보았다. 두어 군데를 빼고는 지금도 건재하다. 이 글을 쓰기 시작한 게 1987년이라고 하니 30여 년이 지난 것이다. 앞서 말한 5년 생존율 따위와는 전혀 무관한 자료인 것이다. 생존율이 90퍼센트를 훨씬 넘어서고 있었다.

가게들은 오래되었고 지금도 사랑받고 있다. 충북에 있는 어느 식당 소개는 한 쪽을 꽉 채우고 있다. 매우 인상적이었던 모양이다. 거길 가보지 않은 사람은 미식가라 할 수 없다고 극찬을 하고 있었다. 필자도 가본 적이 있는 곳이다. 홍성유 소설가가 음식에 대해 글을 쓴 사람이라는 것도 거기 식당 벽에 붙은 글을 통해서 알았다. 작가가 '팔순이 넘는 여주인은 요리에 대한 책을 썼다'고 기록했으니 지금은 대를 이어서 하는 것이 분명했다. 요리에 대한 필자의 시각으로 보면 그리 좋은 점수를 줄 만한 곳은 아니었지만 여전히 발 디딜 곳 없이 성업 중이었다.

이렇게 책에 소개된 가게들 대부분이 아마 그때보다 더욱 단단해져 있을 것 같다. 이미 수십 년간 경쟁력을 키워왔기 때문이다. 이를 통해서 무얼 생각할 것인가. 구름처럼 일었다 스러지는 식당들에게 던지는 메시지로 읽어야 한다. 그래서 그의 책은 의미가 있다. 그들은 미래를 말해주는 가게들이었다.

가격 또한 일관성이 있으며 물가의 흐름을 엿보는 자잘한 재미도 있다. 설렁탕의 경우 대개 4,000원 선에서 가격이 형성되어 있었는데, 지금은 작게는 천 원에서 오륙천 원까지 올랐다. 어느 집은 30년 전이나 지금이나 비슷한 가격을 유지했는데 참으로 놀라운 일이다. 그들에게 진정한 장수가게의 명패를 붙여주어야 하지 않나 싶다.

작가는 '소설도 소설이지만 이 책은 또 다른 생명력으로 역사를 이을 것 같다'며 의미를 부여하고 있다. 요리나 음식에 대한 작가의 묘사들은 살아 있는 맛이 있다.

그의 말을 들어보자.

"곰탕 한 그릇, 깍두기 몇 점을 먹어도 제대로 맛을 내는 제맛의 것을 먹자는 뜻이다. 가루우유를 뿌렸는지 버터를 풀었는지, 국물 색깔만 뽀얀 곰탕을 먹고 배가 찼다고 냉수를 마시고 이를 쑤시고 배를 퉁기지는 말자는 것이다. 그것은 우리가 가져야 할 맛있는 음식을 맛있게 먹는 행복을 스스로 포기하는 것이 된다."

참으로 소박한 말이다. 거창한 미식 논리가 아니라 가장 기본적인 것을 가리킨다. 요리를 하는 사람과 즐기는 사람 모두에게 은근한 일침을 놓는다.

많은 우리 문화가 일제강점기에, 왜곡, 단절, 말살되었다는 점으로 면죄부만 바랄 수는 없다. 백 년의 가게, 백 년의 음식점은 굴하지 않는 장인 정신으로 가능하다. 지금 시각으로는 비록 '맛집 안내서' 정도로 치부할 수 있겠지만 치열한 정신을 주문하는 발자취로 읽는 데 부족함이 없다.

일본 다도의 완성자,
센노 리큐의 요리

죽순구이는 리큐의 자충수였을까?

은유의 백미로 꼽히는 '화두話頭'라는 말은 무게감 때문에 항상 어려운데, '촌철살인寸鐵殺人'은 보다 일상적인 느낌이다. '살인'은 사람을 죽인다는 의미가 아니라 마음속에 자리 잡은 잘못된 생각을 베는 것이다. 때론 정곡을 찌르는 것일 수도 있고 혹은 찔릴 수도 있다. 미묘하지만 보는 사람들은 즐겁다.

2009년 일본 아오키青木상에 빛나는 야마모토 겐이치의 소설 『리큐에게 물어라』는 일본이 자랑하는 다도 '차노유茶の湯'를 완성한 센노 리큐의 일대기를 다루었다. 리큐는 일본 다도의 독보적 존재다. 소설에는 리큐가 다도와 요리를 통해 상대의 정곡을 찌르는 장면이 있다. 상대는 도쿠가와 이에야스와 도요토미 히데요시다.

도요토미 히데요시는 수많은 곡절을 겪고 쇼군이 되었다. 어느 날 도쿠가와 이에야스는 리큐로부터 다회에 초대를 받았다. 이미 리큐는 히데요시의 다두(차 선생)였기에 리큐가 이에야스를 모신다는 건 히데요시의 초대이기도 했다. 독살을 염려하는 심복의 만류가 있었지만 당시의 이에야스는 거절할 입장이 아니었다.

일본 다실에는 손님이 다실에 들어가기 전 대기하는 공간이 마련되어 있다. 기다리는 이에야스에게 리큐는 우선 백비탕을 전한다. 백비탕은 진정한 내공을 요구하는 물의 요리다. 이에야스는 그 맛에서부터 리큐에게 끌려든다. 다실에서 맛본 리큐의 요리는 더 완벽했다. 이에야스는 자신의 얕은 미각을 부끄러워할 수밖에 없었다. 화가 치밀었지만 누구에게 화를 내야 할지 몰랐다.

이에야스는 리큐라는 자가 대체 어떤 깊이를 지녔는지 가늠할 수 없었다. 탐이 났다. 오늘만이 아니라 여러 차례 다회에서 본 리큐는 그랬다. 술 마시는 동작 하나에서 차를 타는 행동까지 물 흐르듯 했다. 손님을 위한 음식은 마치 마음을 꿰뚫고 있는 듯 빈틈이 없었다. 손님이 바라는 걸 거꾸로 일깨워주었다.

"그대가 나에게 온다면 1만 석을 내어주겠다."

이에야스가 제안했지만 리큐는 정중히 거절한다.

그런데 그는 식사 후 타준 차를 마시며 리큐의 행동을 의심한다. 무언가 품속에 숨기는 듯한 동작을 놓치지 않았다. 부하의 걱정이 스쳐 갔다. 하지만 독은 없었다. 리큐의 품에서 나온 것은 향합이었다. 리큐는 연향 한 알을 으깨어 다실을 향으로 가득하게 했다. 의심했던 자신을 마치 놀리기라도 하듯이 향을 풍기며 절하고 물러나는 센노 리큐…. 이에야스는 리큐의 접대에서 자신의 일천한 시각을 곱씹게 된다. 행동 하나하나가 아픈 곳을 찔러 왔다.

일본 아즈치모모야마 시대를 연 오다 노부나가는 자신의 심복인 아케치 미쓰히데의 배신으로 혼노지本能寺에서 전투 중 자결하고 만다. 복수는 히데요시의 몫이었고, 곧바로 미쓰히데를 제압해버렸다. 그렇게 천하가 히데요시의 수중에 들어오기 직전이었지만 아직은 이곳저곳에서 자신을 노리는 상대들과 대적해야 하는 상황이었다.

어느 겨울, 히데요시는 자신의 다두인 리큐에게 다실을 지으라고 명령했다. 리큐는 초유의 발상으로 다다미 2첩밖에 안 되는 다실을 지었다. 자신의 와비차를 매조지는 공간이었다. 다실을 완성한 후, 천하를 움켜쥐려는 심란한 히데요시를 접대했다. 히데요시는 리큐와 마주했지만 술 한 잔만을 마시고 잔을 엎고 만다. 리큐는 그의 마음을 헤아렸다. 다음엔 밥과 국을 낼 생각이었지만 음식 순서를 바꾸기로 했다.

순서가 바뀌다 보니 시간이 걸렸다. 히데요시는 늦지 않느냐고 신경질을 냈다.

"아닙니다, 제철보다 훨씬 이른 것을 가지고 왔습니다."

리큐가 정중하게 쟁반을 가져와 다실에 놓았다. 히데요시가 거기에 놓인 대나무 용기를 풀자 은은한 죽순 향이 좁은 다실을 채웠다.

"이 겨울에 죽순이라니 어찌된 것이냐?"

히데요시가 미간을 좁히며 물었다.

"한죽寒竹입니다. 이미 양지엔 봄이 와 있습니다."

이렇게 대답하며 양지바른 대숲에 숯가루로 물들인 멍석을 덮어놓으면 죽순은 봄이 온 것으로 착각을 하고 솟아난다고 덧붙였다.

죽순의 맛을 즐기던 히데요시는 정신이 번쩍 들었다. 때맞춰 리큐가 한 마디 거들었다.

“시간은 생각지도 못하게 빠릅니다. 느긋하게 기다리십시오.”

히데요시는 그제야 엎었던 잔을 들어 느긋하게 술을 청하기 시작했다. 밥과 두루미 고깃국까지 배불리 먹고는 다실에 벌러덩 누워버리는 히데요시….

전략과 전술에는 타이밍이 중요하다. 기회는 하늘이 주기도 하지만 늘 살피는 자가 차지할 공산이 크다. 노부나가는 다케다 신겐과 우에스기 겐신이라는 숙적이 병사함으로써 하늘이 도왔지만 자신은 부하에게 기회를 주어 죽음을 맞지 않았는가.

리큐는 히데요시의 조급함을 알았다. 히데요시가 대세임도 알았다. 성급하게 키워낸 죽순 요리로써 히데요시의 끓는 마음을 가라앉히는 묘수를 둔 접대였다.

즉흥적으로 간파하는 지혜, 그것이 촌철살인이다. 품은 마음을 스스로 열어 보이게 하고 또 부끄럽게 만드는 것도 그것이다. 게다가 그것이 우아하고 향기로운 요리를 통해서였기에 독자는 더욱 즐겁다.

이야기를 좀 덧붙인다. 다실을 완성하고 이미 이름마저 ‘기다리라’는 대암待庵으로 명명한 리큐였다. 히데요시를 너무나 훤히 들여다보고 있었다. 하지만 히데요시는 문을 나서는 리큐의 등에 혼잣 말처럼 '죽순을 속이다니 넌 나쁜 놈이구나'며 의미심장한 말을 날린다.

하지만 리큐의 지혜가 정작 자신의 삶은 제대로 꿰뚫고 있었는지는 모를 일이다. 아이러니하게도 이에야스의 제안을 거절한 것이 히데요시로부터 할복 명령을 받기 불과 한 달 전이었다. 똑똑하고 지혜로운 자만이 세상을 지배하는 것은 아니다. 아니 지혜가 무엇인지 막막하기도 하다. 혹시 리큐가 비극적 대단원을 알고 있었다고 생각하면, 지혜보다는 '신념과 열정'으로 읽어야 하지 않을까.

현대 요리의 방향성이 다양하다고 꼭 요리의 다양성과 일치하지는 않는다. 같은 요리일지라도 객체, 즉 손님을 맞이하는 마음에서 갈래가 나뉠 수도 있다. 손님맞이 콘셉트 중의 하나라고 해도 무방할 것이다. 요리 자체의 의미가 없진 않겠지만 요리를 즐기는 상황에 비중을 두는 느낌이다.

소설에서 센노 리큐는 살벌한 정치적 상황 속에서 요리로써 메시지를 전하는데, 요즘 현실에서도 단 한 사람의 예약을 받고 그 손님만을 위해 요리하는 요리사가 생겨나는 모양이다.

단 한 사람만을 위한 요리, 요리사와 손님이 전혀 별개의 정신적 상황에서 집중하는 파격적인 모습이다. 그것이 사회적 요구에 의해 생겨나든 요리사의 철학에 의해 나타나든 진정한 요리의 한 장면으로 각인된다.

시인 소동파로 공감하는 요리인의 정신

『삼국지연의』를 읽은 사람이라면 적벽대전을 가장 극적인 장면으로 기억할 것이다. 조조의 참담한 패전이다. 그러나 세월은 흘러 강에는 이야기만 전해 올 뿐 승리와 패전의 흔적이라고는 없다.

소동파蘇東坡는 거기서 「적벽부」를 읊었다. 장강에 배를 띄우고 적벽대전을 회상하며 신선처럼 술을 즐긴다. 절세의 풍광에 감탄하기도 하고, 패장 조조를 생각하며 인생의 덧없음을 느끼기도 한다. 유배 온 자신의 처지를 돌아보기도 하며 삶에 대해 초연한 자세를 보여주기도 하는 명작이다.

소동파는 1089년 지금의 저장성 항저우杭州의 지주로 부임했다. 엄청난 폭우가 쏟아진 일이 있었는데 소동파의 침착한 대응으로 피해를 줄일 수 있었다. 소동파는 아름답기로 소문난 시후西湖 주변에 범람할 만한 곳을 점검하고 미리 제방을 쌓아 수재를 예방했던 것이다.

이에 주민들은 소동파가 돼지고기를 좋아한다는 사실을 알고 감사의 선물로 보냈다. 그 이전에 조정을 비난하는 시를 썼다는 죄목으로 황저우黃州에 유배 가 있을 때 돼지고기로 만든 붉은 홍사러우紅燒肉를 즐겨 먹었다는 이야기가 전해왔기 때문이다.

위화가 쓴 중국소설 『허삼관매혈기』에도 가난한 허삼관이 생일날 자식들에게 홍사러우를 요리하여 먹이는 장면이 나온다. 중국의 전형적인 가정요리 중 하나다. 소동파는 선물로 받은 돼지고기를 맛있게 조리하여 정사각형 모양으로 자른 홍사러우를 주민들과 함께 나눠 먹었다. 이때부터 '소동파가 요리한 홍사러우'라 하여 '둥포러우東坡肉'라고 불렀다는 것이다.

이렇게 음식에 사람 이름을 붙이는 것은 자연스럽다. 예를 들면 샌드위치는 18세기 후반 영국의 트럼프 놀이에 열중한 J.M.샌드위치 백작이 밥 먹을 시간을 아끼기 위해 버터를 바른 빵 사이에 고기와 채소를 끼워 먹은 데서 생겨났다고 한다.

어쨌거나 이름으로 남았다는 상황은 비슷하다. 어떤 음식이 그 전부터 있었지만 이름난 음식으로 자리 잡았다는 것이나, 홍사러우는 마오쩌둥이 좋아했다고 하여 '마오스홍사러우毛氏紅燒肉'라 불렀다는 것도 같은 맥락이다.

이렇게 둥포러우는 항저우가 그 기원은 아니지만, 세월이 흘러 지금은 항저우를 알리는 사절 음식으로 자리 잡았다고 한다. 그건 단순히 시인이나 문장가 소동파와 관련된 것만은 아닌 듯하다. 마치 장강에 어린 이야기가 적벽을 찾게 하듯이 스토리텔링이라는 것이 둥포러우를 인기 목록에 오르게 한 이유일 수 있다.

소동파는 문장가이며 시인이었지만 요리인이기도 했다. 그의 시

「식저육食猪肉」을 보자.

> 黄州好猪肉，价钱如粪土。
> 富者不肯吃，贫者不解煮。
> 慢着火，少著水，火候足时他自美
> 每日起来打一碗，饱得自家君莫管。
> 황저우의 맛있는 돼지고기가 값은 형편이 없네.
> 부자들은 거들떠보지도 않고, 가난한 사람들은 요리할 줄을 모르네.
> 물은 조금 붓고 약한 불로 오래 삶으면 오묘한 맛이 살아난다네.
> 아침마다 한 그릇 배불리 먹으니 누가 이 참맛을 알 것인가.

앞의 둥포러우와 관련한 전설적인 이야기는 목민관의 전형을 보여준다. 주민들이 감사의 마음으로 보낸 선물을 맛있게 요리하여 함께 즐겼다. '부자들은 거들떠보지도 않고, 가난한 사람들은 요리할 줄을 모르네'라고 읊는 그는 돼지고기라는 재료의 매력을 꿰고 있는 모습이다. 서민들이 돼지고기를 먹기는 하지만 아쉬운 점이 있었던 모양이다. 그런 마음이 시에 고스란히 담겼고 그것을 몸소 보여주었다. 목민관의 모습이기도 하지만 요리인이 갖출 덕목도 슬쩍 건네준다.

실제 돼지고기는 살도 살이지만 가난한 사람들에게 부족하기 쉬운 에너지원인 지방이 풍부하다. 그런 모습으로 보면 소동파는 요리인이라는 옷을 입혀도 자연스럽다. 뿐만 아니라 시로써 보면 미식가로서의 면모도 갖추고 있다. 물을 적게 붓고 오래 천천히 익혀야 한다는 것은 중요한 레시피다. 두꺼운 돼지고기를 생각하면 익히는 것만으로도 그렇지만 양념이 배어야 하는 것을 생각하면 정확한 지적이다. 아마 사람들은 두꺼우니까 센 불로 강하게 익히려고 했을 것이다.

이것은 실제 요리를 해보지 않은 사람이 쓸 수 없는 구절이다. 익히는 데 그치지 않고 천수백 년이 지난 지금도 열광하는 맛에 집중했다는 건 소동파의 특이한 매력이다. 소동파는 황복이 강으로 오르는 때를 몹시 기다렸고, 독 때문에 목숨을 잃어도 복어를 포기하지 않겠다고 한 미식가이기도 했다.

「식저육食猪肉」은 여러 가지 이야기로 읽히는 재미있는 시편이다. 소동파의 행적에 얽힌 이야기가 향이나 맛을 한껏 더하여 오늘날 항저우를 알리는 요리가 된 건 아닐까. 중국의 고도 항저우는 차로써 가장 유명한 곳이며 시후의 절경으로 유명하며 또한 미식의 도시라 해도 별반 틀리지 않은 곳이라고 한다. 천 년이 훨씬 지난 지금 그 가운데에 소동파의 손길이 짙게 닿았던 요리 둥포러우가 있다.

둥포러우는 돼지 삼겹살에 진간장과 여러 향신료를 넣고 조리한 항저우 대표음식 중 하나이다. 향, 식감, 색감이 모두 뛰어난 일품요리로 유명하다. 돼지고기의 비계와 살코기가 반반씩 섞여 부드러우면서도 느끼하지 않다고 한다. 짙고 붉은 색감이 맛의 깊이를 말해주는 듯하다. 레시피는 변하여 요즘은 겉에 금박을 입혀 손님을 유혹하기도 한단다.

전쟁이야기가 잠겨 있는 장강을 보며 소동파는 노래를 남겼고 둥포러우를 남겼다. 사람들은 둥포러우를 즐기면서 그 흥미로운 맛을 듣고 읽는다.

생명력 질긴 서민의 음식, 메밀꽃 다시 피다

민들레의 다른 이름은 '질김'이다. 사람들이 다니는 보도블록 사이에서도 개화하고 씨를 맺는다. 싹을 틔운 순간부터 혼신의 힘으로 꽃을 피운다. 본래는 늘씬하게 꽃대궁을 뽑아 홀씨를 멀리 보내고 싶은 마음 간절하겠지만 그것은 짓밟히기 전의 생각이다. 그래서 꽃대궁도 뽑지 않은 채 삶을 마무리한다.

메밀이 그렇다. 한때 가장 게으른 사람도 지을 수 있는 게 메밀 농사라 생각한 적이 있다. 아주 오래된 일이지만 얼마간의 논을 구입했던 때다. 계단식 논들을 평탄하게 고르고 나서 보니 온통 돌밭이었다. 농사를 지을 셈이 아니었기에 건성으로 치웠다. 하지만 관할 사무소에서 농지 확인을 위해 사진까지 찍으러 나온다니 농사를 안 지을 재간이 없었다. 그때 누군가에게 들은 게 메밀 농사였다.

거름기라고는 없는 돌밭에 씨앗을 뿌리고 복합비료 몇 줌을 뿌린 게 전부였다. 충분한 수분을 공급할 수도 없는 상황이었다. 그래도 싹은 잘도 틔웠다. 하지만 어린 시절 밭에서 보았던 메밀은 불그레한 꽃대궁이 쭉쭉 크는 것이었는데, 이들은 작달막한 키에 곧장 꽃을 피우는 게 아닌가. 난쟁이 꽃밭을 만들고 말았다. 당연히 뿌린 만큼 거두지 못했다.

부모님이 거두었던 메밀이 떠오른다. 잔칫날 파와 고춧가루를 섞은 간장을 곁들여 멸치 국물에 말아 뚝딱 해치우던 메밀묵을 생각한다. 약간 매끈하면서도 보드라운 묵채는 사실 어린 시절에는 정리되지 않는 맛이었다. 그렇게 다소곳했던 맛은 담백함 속에서 구수함을 천천히 내보이기 시작하더니 마침내 내 마음 깊숙하게 자리 잡았다.

특별한 날엔 집에서 묵을 쑤었다. 빻은 메밀에 물을 섞어 무쇠솥에 풀고 불을 땐다. 점성이 높아지면서 커다란 나무주걱을 젓는 아낙들의 팔뚝에도 힘이 들어갔다. 적당한 물 조절과 불 조절 그리고 눋지 않도록 끊임없이 저어주는 일은 만만치 않은 작업이었다. 적당히 굳으면 반듯하게 잘라 필요한 만큼씩 꺼내 먹던 묵이었다.

돌이켜 보면 메밀묵의 은근한 맛을 알아갈 무렵이 메밀묵의 정점이었다. 이젠 두부와 마찬가지로 어머니들의 손에서 만들어진 메밀묵을 먹기는 어렵다. 메밀도 거의 대부분 수입에 의존하고 있다. 그래도 메밀의 진가가 알려지면서 면 요리로 주가를 높여가고 있다. 특히 강원도에선 메밀처럼 질기게 그 맥을 잇고 있어 귀와 눈도 즐겁다. 평창군 봉평은 메밀의 고향으로 자리매김하고 있다.

> "이지러는 졌으나 보름을 갓 지난 달은 부드러운 빛을 흐붓이 흘리고 있었다. 대화까지는 칠십 리의 밤길, 고개를 둘이나 넘고 개울을 하

나 건너고, 벌판과 산길을 걸어야 한다. 길은 지금 산허리에 걸려 있다. 밤중을 지난 무렵인지 죽은 듯이 고요한 속에서 짐승 같은 달의 숨소리가 손에 잡힐 듯이 들리며, 콩포기와 옥수수 잎새가 한 층 달에 푸르게 젖었다. 산허리는 온통 메밀밭이어서 피기 시작한 꽃이 소금을 뿌린 듯이 흐붓한 달빛에 숨이 막힐 지경이다."

이것은 소설 『메밀꽃 필 무렵』에 나오는 절창이다. 봉평장을 떠나 대화장으로 넘어가는 어느 날 밤 메밀밭 풍경이다. 절정 부분도 아니지만 사람들은 유독 이 구절을 기억하고 있다. 장돌뱅이 허생원이 일생에 단 한 번 가졌던 낭만적인 그날 밤과 같은 광경, 그 밤이 고스란히 드러나는 한 편의 시와 같은 풍경이다.

김동리는 이효석을 가리켜 '소설을 배반한 소설가'라 말했다고 한다. 소설가에게는 껄끄러운 표현일 수도 있지만 악담만은 아니다. 이효석의 작품은 후기로 가면 시적 표현이 많아진다는 것, 그중 하나가 이것이다.

『메밀꽃 필 무렵』은 이 장면이 아니었다면 지금의 위상을 지니게 되었을까 의문이 들 정도이다. 또 『메밀꽃 필 무렵』이 없었다면 이효석의 존재감이 지금 같았을까. 시골 마을 봉평은 스산하게 스러지고 있지 않았을까. 이효석문학관이 봉평에 있다는 것도 같은 맥락이다. 소설의 배경이었던 봉평은 산골마을이다. 짧은 소설 한 편이 그곳을 사람 사는 곳으로 바꾸어놓았다.

특히 소설 제목과 그 아름다운 장면이 사람들의 미각과 어우러지고 있다. 메밀묵, 메밀전병, 메밀싹 비빔밥으로, 건강식으로 주목을 받고 있다. 단백질 함량이 높고 비타민 B1, B2, 니코틴산 등을 함유하여 영양가와 맛으로 좋은 평가를 받고 있다. 강원도 춘천은 시원하고 매콤한 맛으로 사랑받는 막국수의 도시로 불리기도 한다. '막'이란 접두사는 '성의 없이, 세련되지 못한, 대충, 함부로…'의 어감이 있긴 하지만 맛과 영양의 의미로는 전혀 아니다. 손쉽게 요리하여 먹었던 '대중적'인 의미로 보는 것이 맞다.

이러한 관심은 그들이 강원도 대표음식으로 자리 잡게 하는 일이기도 하다. 거칠지만 순수한 땅 강원도에서 메밀꽃이 더욱 흐드러지고 메밀묵과 국수로 잔칫날처럼 흥성거린다고 하니 얼마나 즐거운가.

원래 국수는 메밀이었다. 평양냉면이 그렇고 일본 소바가 그렇다. 메밀은 미국으로부터 들어온 밀가루 때문에 금세 자취를 감추었다가 요즘 다시 살아나고 있다. 그것은 그리움이나 아련함, 순수함과 끝없는 기다림으로 펼쳐지는 '메밀꽃 필 무렵'의 자극인지도 모른다.

메밀 음식은 생명력으로 충만하다. 메마른 땅에서도 꿋꿋하게 꽃을 피우고 맺은 열매에서 탄생한다. 거친 삶의 인내가 담백함으로 정제된 것이다. 얼마나 부드럽고 은근한 맛인지 신비롭다.

오늘 메밀묵채에 한 덩이 밥을 말아 먹던 시절을 떠올린다. 거기에다 메밀묵 누룽지로 끓여낸 이름도 모를 한 사발의 음식도 함께 기억해낸다. 사라져가는 것들의 이름을 불러보고 싶다. 그리하여 어디에서나 달밤에 군무를 펼치며 소금같이 피어난 메밀꽃도 덤으로 볼 수 있으면 좋겠다.

우동 한 그릇 그리고 반인분의 음식

우동과 짬뽕 그리고 국수나 자장면은 우열을 가리기 힘든 대중음식이다. 남녀노소 없이 열광한다. 그들은 늘 선택의 망설임을 자아내게 하며, 상대가 후루룩거리는 걸 보면 선택을 후회하게 하는 묘한 중독성이 있는 요리다. 기성세대라면 누구나 중국집에 대한 짙은 향수를 지닐 것이고 거기에 그 목록들이 들어있을 것이다.

지금 젊은이들은 알 수 없는 문화였지만 십수 년 전만 하더라도 서울로 가는 기차가 잠시 정차했던 대전역을 우동으로 기억하는 사람들이 많을 것이다. 출발 시간을 알면서도 행여 기차가 떠날세라 힐끗거리던 조바심이기도 했다. 국물에 면 한 덩이를 넣고 바삭거리는 건더기를 얹은 우동 그릇이 나오기가 무섭게 젓가락을 들이댄다. 선 채로 정신없이 해치우던 우동은 어느 모로 보나 완벽한 '패스트푸드'의 원형이었다.

이웃 나라 우동 이야기를 해보자. 1988년 일본에서 발표된 『우동 한 그릇』이란 소설이 있다. 구리 료헤이가 쓴 『一杯のかけそば』가

원제이다. 우리에게는 '우동 한 그릇'으로 번역된 동화 같은 단편소설이다. 작가가 의대 출신이라는 거짓말을 한 것부터 남의 아내를 유혹하거나 여러 사기 사건을 저지르는 인물이었던 점을 생각하면 아이러니하지만 어쨌거나 이 소설은 많은 이들을 감동케 했다. 가케소바かけそば는 우동이 아니라 메밀국수로 번역해야 맞다. 아마 우리에게 좀 더 가까운 음식이며 비슷한 모습을 하고 있는 문화에 접목시키다 보니 우동으로 번역한 듯하다.

우리의 섣달그믐에 해당하는 오미소카大晦日에 대부분의 일본인들이 먹는 음식이 도시코시소바年越しそば다. 해가 바뀔 때 먹는 면 요리다. 이 전통은 에도 시대 중기부터 시작되었는데, 도시코시소바라는 메밀국수는 가늘고 길어 장수를 기원하는 의미를 가지고 있다. 또 쉽게 끊어진다는 점에서 질병이나 빚 등 나쁜 것과의 관계가 청산되기를 바라는 바람도 담겨 있다고 한다.

책의 이야기를 간단히 들여다보면 이렇다. 섣달그믐날 영업이 끝날 무렵 우동집 '북해정'에 허름한 행색을 한 세 모자가 들어선다. 어미는 조심스럽게 1인분의 우동을 주문한다. 그들의 행색을 본 주인은 슬며시 반인분을 더 얹어 우동을 내었다. 한 그릇으로 세 사람이 참 맛나게 먹었다. 그 일이 매년 그날 반복된다. 주인은 그날엔 미리 2번 식탁에 예약석 표찰을 두는 것을 잊지 않았다. 그동안 어미의 차림은 초라한 그대로였지만 형이 교복을 입으면 동생의 옷은 형이 입었던 옷으로 바뀌었다.

주인은 우동값이 올랐지만 그들을 위해 그날은 가격표를 원래대로 고쳐놓기도 했다. 어느 해인가, 어김없이 나타난 그들은 매우 밝은 모습이었고 우동을 2인분이나 주문했다. 역시 주인은 세 덩어리의 면을 삶았다. 그날은 그들의 아비가 낸 교통사고로 진 빚을 모두 갚은 날이라고 했다. 그리고 동생이 학교에서 작문을 했는데 제목이 「우동 한 그릇」이었다고 했으며, 가족들에게 큰 힘이 되었다고 했다. 주인 내외는 감동의 눈물을 흘린다.

언제부턴지 그들이 나타나지 않았다. 섣달그믐이면 2번 식탁을 어김없이 예약석으로 비워놓았지만 모자는 나타나지 않았다. 2번 자리에 대한 이웃이나 손님들의 궁금증이 극에 달할 무렵 주인은 비로소 그들의 이야기를 들려주었다.

오랜 시간이 흐르고 그들이 기억에서 사라져가던 어느 해 섣달그믐, 세 사람이 나타났다. 그들이 우동 3인분을 시켜도 되냐고 물었을 때 주인은 비로소 그들을 알아보았다. 아들들은 모두 성공했다고 인사를 했고, 같은 자리에 있던 사람들은 환호성을 지른다. 달빛 한 점 없는 섣달그믐밤이었지만 가장 밝은 밤이었다.

어미는 어린 아들 둘을 데리고 섣달그믐이면 누구나 먹어야 하는 우동을 먹기 위해 우동집을 찾았다. 그러나 호주머니가 허락하지 않았다. 그래서 1인분을 시켜야 하는 어미였다. 아주 늦은 시각 점포가 문을 닫을 무렵에야 그들은 도착한다. 어미가 돈을 벌어야 하기에 시간이 나지 않았을까, 아니면 초라한 자신들의 모습을 조금이나마 감출 수 있었기 때문이었을까, 세 사람이 한 그릇을 시킬 수밖에 없는 비참함 때문에 수없이 망설이다 문을 두드렸을까. 그들에게는 그 모두에 해당하는 이야기일 것이다.

음식, 인간 생존의 첫째 필수 조건이다. 그걸 위해 존재한다고 해도 과언이 아닌 경우가 허다하다. 인간이 동물과 다른 정신세계를 가졌다 해도 그것은 생존이 보장된 후의 이야기다. 때문에 존재가 위협당하는 상황은 늘 긴장된다. 이들 가족도 역시 마찬가지다.

그 가족에게 한 그릇의 우동은 무엇이었을까. 도시코시소바를 먹는 날이 행복한 날이었을지 힘든 시간이었을지 가늠하기가 어렵다. 아끼고 아껴서 비록 한 그릇이지만 남들과 같이 뜻을 기렸다는 것은 어찌 보면 인간적인 삶을 위한 몸부림이기도 했고 뿌듯함이기도 했을 터이다. 그것마저도 하지 못하는 것은 너무나 비참했을 것이다. 특히 어미는 더 그랬을 것이고.

그들은 도시코시소바를 가장 절실하게 먹어낸 사람들이었을지도 모른다. 아들들은 건강하고 훌륭히 성장하였고 그림자처럼 따라다니던 가난을 털어냈기 때문이다.

아이들과 어미의 눈물겨운 삶의 모습도 그렇지만 이 소설에서 더욱 도드라지는 것은 북해정 주인의 따스한 재치다. 1인분을 시켰을 때는 반인분을 더 넣었고, 2인분을 주문했을 때는 1인분을 더했다. 굳이 알려고 하면 알 수도 있겠지만 드러나지 않는 분량을 슬쩍 더하는 솜씨가 우동을 눈물 나게 맛나는 요리로 끌어올리고 있다.

이 소설은 장사는 최선을 다하는 봉사로서, 소비자를 감동시키는 것이 바람직하다는 일본 자본주의의 속성을 제대로 그려냈다고 평가받기도 한다. 하지만 우동 한 그릇이 일본 열도를 울음바다로 몰아넣었던 것은 '오른손이 하는 것을 왼손이 모르게 하라'는 베풂을 요리에 버무려놓았기 때문이다.

상대를 존중하는 마음이 베풂이다. 생색내기는 베푸는 것이 아니다. 조금 내어주고 더 큰 것을 얻으려는 욕심이다. 주는 것이 어려운 이유는 아깝거나 없어서라기보다는 존중하는 마음이 부족하기 때문이다. 베풂은 주는 것만이 아니라 상대의 깊이 감사하는 깨끗한 마음을 받는 상호작용이다. 은근슬쩍 찔러주는 재치는 사실 깊이를 말해준다.

왼손이 모르게 한다지만 대개는 들키고 만다. 그것은 받는 사람만이 아는 감각 때문이다. 그러거나 말거나 유별나게 맛있고 배부르게 한 것은 따끈한 인정 한 뭉텅이를 풀어 넣었기 때문이다. 그게 '고수高手의 한 수'가 아닐까.

국민 식재료 명태,
시가 되고 노래가 되었던 그리움

‘집 나간 ○○를 찾습니다. 살아있는 ○○를 가져오면 사례금 50만 원을 드립니다.’

2014년 해양수산부에서 제작, 배포한 포스터 내용이다. 어떤 녀석을 찾아오라는 것일까? 그놈은 동해바다를 제집으로 살았다는데 한때는 우리나라 최대 어획고의 주인공이었다. 한데 이젠 구경하기도 어렵게 되어 이런 포스터에 현상금으로 걸리는 신세가 되고 말았다.

명태 이야기다. 그것이 얼마나 향긋한 사랑이었던 건지 모르고, 보내고 나서야 그리움에 몸서리치게 된 사연이다. 애절한 남녀 간의 사랑 이야기 같다. 명태는 온 국민의 사랑을 받았던 생선이었기 때문이다. 너무 쉽게 자신의 온몸을 우리에게 내주었고 우린 가벼이 여기고 말았다.

가난한 사람들에게는 풍성한 게 제일이다. 명태가 그랬다. 그래서 시가 되었고 지금도 선술집에서 핏대를 세워 부르는 노래가 되었다.

어떤 어진 어부의 그물에 걸리어
살기 좋다는 원산 구경이나 한 후
이집트의 왕처럼 미라가 됐을 때
어떤 외롭고 가난한 시인이
밤늦게 시를 쓰다가
쇠주를 마실 때
그의 안주가 되어도 좋다
그의 시가 되어도 좋다
짝짝 찢어지어 내 이 몸은 없어질지라도…

명태는 가난한 시인이 밤을 지나고 새벽까지 소주를 마실 때 그의 곁을 지켰다. 쓴 소주를 털어 넣고 안주로 씹던 명태는 북어인지 노가리인지 모르겠다. 시심이 되고 또 스스로 시상이 되어 노래의 주인공이 되기도 했다. 스스로 찢어진 몸이 되어도 오히려 좋다고 소리치는 것이다. 그런 녀석이 명태였다.

이 노래는 양명문 시인의 「명태」가 원작이다. 어느 성악가가 이 시로 만든 노래를 맛깔스레 불러 애주가들의 사랑을 받았다. 인기 가수였던 강산에도 명태를 노래했다. '피가 되고 살이 되고, 노래 되고 시가 되고, 이야기 되고 안주 되고' 그래서 아름답다며 명태를 예찬했다. 앞의 노래와 다른 내용이 하나 없다. 우리의 바다에 명태는 사라졌지만 이래저래 명태 노래의 계보를 이어 기억의 저편을 잊지 않도록 해주었다.

명태, 동태, 황태, 북어, 코다리, 노가리, 지방태, 깡태, 망태 등 하나의 대상에 이렇게 많은 이름이 붙은 것이 있을까. 거의 스무 가지가 넘는 명함을 가졌다. 이름이 많다는 것은 서민의 사랑을 받았다는 증표다. 그만큼 다양한 방법으로 다루어지고 요리하는 재료인 셈이다.

그것뿐인가. 창자로는 창란젓, 알은 명란젓, 아가미는 아가미젓으로 식탁에 오른다. 일본 규슈의 명물이 된 멘타이코는 우리의 명란젓에 착안하여 지금은 거대산업이 되었다. 또 맛보는 순간 빠져나올 수 없는 명태 식해나 북어 식해는 어떤가. 하얀 밥에 불그스레한 식해를 쓱쓱 비벼 먹는 걸 생각만 해도 침이 그득히 솟는다.

얼었다 녹기를 수십 번 반복하여 새 맛을 담기도 하고, 구워지고 찢어져서 맛을 더하는가 하면 뽀얗게 우러난 시원한 국물로 쓰린 속을 달래준다. 버릴 것이 없다. 온몸을 내어주는 밥상의 화수분이었다.

한때는 '동해안에서는 개도 명태를 물고 다닐' 정도로 흔했고, 그런 이유만으로 '북어 한 마리 부조한 놈이 제사상 엎는다'는 속담처럼 하찮은 물고기가 되어버리기도 했다.

명태는 이 땅에서의 자신의 운명을 알았을까. 그래도 가난한 시인과 마지막을 함께할 수 있다면 쭉쭉 찢어져도 좋다는 유서를 남긴 명태. 이제 그들은 없다. 동해 바다에 지천으로 유영하던 그들은 없다. 이젠 우리의 입맛을 추억하기 위해서는 너무도 먼 어느 바다에서 떠도는 명태를 모셔 와야 한다. 명태가 사라져 시심이 사라지는지 시가 명태를 잊었는지는 알 수가 없지만 어느 쪽이나 짠한 마음이다.

명태가 우리에게 본때를 보여주었는지도 모른다. 사람이나 그 어느 것이나 가벼이 여길 것은 없다는 것을. 흔하다고 언제나 그러하지 않다는 것을. 쉽게 내어준다고 해서 함부로 하면 어떻게 되나 가르친 보시행이었다.

난 자리는 언제나 큰 법이다. '보내고 나서 그리워하는 정은 나도 몰라 하노라'고 애타했던 황진이처럼 떠나간 명태를 그리워하는 시인들이 많다. 떼로 몰려다니면서 제 몸이 없어질 때까지 함께하던 명태, 우린 이제 그들을 전설의 물고기로 기억해야만 하는 것일까. 노래로만 그들의 맛을 느껴야 하나. 겨울이 오면 명태에 대한 전설이 간절해질 텐데, 그 헛헛한 배를 채워줄 명태는 영 사라진 걸까.

동해안에서 명태잡이가 금지된 지 오래다. 잡고 싶어도 잡을 것이 없다. 하지만 강원도 어디에선 희극 같은 명태축제를 하고 있다. 우리 바다에서 명맥만 유지한 채 떨고 있는 명태가 웃을 일이다. 어디서 온 명태로 축제를 연다는 말인지 모르겠다. 홍청망청 다 말아먹은 줄도 모르고 곳간만 열면, 그물만 던지면 그득할 줄 아는가 보다.

북엇국을 마시는데 속은 더욱 쓰리다. 바닷가에서 새로이 태어난 황태라면 축제에 어울린다지만 이건 아니다. 차라리 제사라도 지내

주어야 옳지 않나. 진혼가를 불러주어야 그래도 예의다.

정말 다행스러운 소식도 있다. 2015년 말부터 지금까지 해양수산부의 프로젝트에 따라 종묘양성에 성공한 명태 치어 수만 마리를 방류하고 있다. 명태 양식기술은 세계 최초라 하며 사업은 계속되어왔다.

이젠 식재료에 대한 연구와 개발, 그리고 보전이 국가적 사업이다. 명태처럼 고등어의 앞길이 그렇고, 각종 수산물이 고갈을 예고하고 있다. 일본인의 참치 사랑이 참치의 멸종을 불러올 거란 염려를 잘 알고 있다. 국가적이든 세계적 상황이든 그 아름다운 요리가 사라지는 암담함을 다시 겪지 않도록 해야 한다. 명태 요리 이전에 명태 같은 식재료가 주는 경고를 함께 기억해야 한다. 명태의 운명이 던져준 먹거리의 교훈은 엄중하다.

지금 동해안에는 적은 양이지만 명태가 돌아오고 있다 한다. 우리 명태가 식탁에 오른다는 소식을 들으면서 어부들과 시인들이 간절히 바라는 국민생선 명태를 다시 생각한다. 사라진 전설이 아니라 동해안 터줏대감으로 떼 지어 유영하며 어부와 시인과 요리사와 함께하는 미래를 기다린다. 사정없이 유린했던 인간을 용서하고 명태의 제국을 이루기를….

4장

로산진 요리 정신 훑어 읽기

나의 마지막 요리 이야기

– 기타오지 로산진北大路魯山人

나의 어린 시절은 참담하고 애처로웠지만 음식에 관한 한 불가사의하다. 어리고 볼품없던 놈이 음식에 관한 것이라면 양부모에게도 참견하려 했다. 나는 철없는 나이였지만 요리에 눈을 떴고, 맛이 좋고 나쁨을 가리는 데는 누구에게도 떨어지지 않았고 지지도 않았다. 그래서 '불가사의'라고 표현할 밖에는 도리가 없다.

아홉 살이 되던 봄부터 밥을 지어왔지만 단 한 번도 맛없는 밥을 짓지 않았다. 그로부터 수십 년을, 말하자면 미식생활을 단 한 순간도 놓지 않고 오늘에 이르렀다. 하지만 어떤 면에서 조금 아쉬운 것이 있다면, 나의 식도락 역사를 글로 남길 것을 염두에 두고 식도락을 추구한 것이 아니기 때문에 기록을 남길 까닭이 되지 않았고, 기억 또한 믿을 수 없다는 것이다.

따라서 체계적으로 요리를 말하는 것은 가능하지 않다. 또 대중에게 쓸모 있는 요리라고 말하지도 않겠다. 대중의 시선으로 나의 요리를 본

다면 어쩌면 가공架空의 요리가 될지도 모르겠다. (1959년)

_平野雅章, 「魯山人 '道樂'の極意」, 五月書房, 1996

이 말을 남긴 해 겨울, 핏덩이로 버려졌지만 천재적인 예술 감각으로 한 시대를 풍미했던 일본의 요리영웅 로산진은 유명을 달리했다.

로산진과 다도

일본의 다도(차노유)는 일본이 가장 자랑스러워하는 전통문화다. 예나 지금이나 마찬가지다. 차인茶人에 대한 사람들의 존경심은 유별나다.

하지만 로산진은 차인을 신랄하게 비판했다. 대단한 용기가 필요한 일이라고 여길 수도 있지만, 단지 비판을 위한 비판이 아니었다. 진정한 차인의 모습을 요구하였다. 차인의 무책임에 대해, 현실에 안주하고 스스로 채찍을 들지 않는 자세에 대해 질책하였다.

이는 요리를 하는 사람으로 바꾸어 보아도 달라질 게 없다. 개혁이나 혁명이 필요하다는 점에서 다도나 요리는 하나도 다를 게 없다. 로산진의 글 「차인불량」을 직접 들어보자.

차인보다, 아니 차인이라는 족속보다 보기 싫은 놈들은 없다. 찻자리에서는 서로 칭찬하고 온화하면서도 밖에 나서기만 하면 곧바로 악담을 시작한다. 게다가 차인이 타는 차치고 맛있는 차가 없다.

나는 결코 사람을 칭찬하지 않는다. 아니 칭찬하지 않는다는 것, 나쁘게 말하는 것은 차인 이상인지 모르겠다. 그렇지만 나는 이를테면 그 당사자가 나의 앞에 있어도 상관하지 않고 나쁜 것은 확실하게 나쁘다고 말한다. 그 사람 앞에서는 칭찬하고 뒤에서 욕하지는 않는다.

차인들은 어찌된 일인지 마음이나 말에 겉과 속이 있는 것 같다. 아니, 다도의 유파나 가문에 겉(오모테센케)과 속(우라센케)이 있는 것을 보면 지극히 당연한 것인지도 모른다.

그렇지만 그들이 험담을 한다 해도 기분이 좋아지진 않을 것이다. 험담을 듣는다면 마음속이 유쾌하지 않을 것은 확실하다. 이런 다도는 썩었고 잘못되었다고 반성하고 있는 것은 틀림없다. 그럼에도 불구하고 오랜 세월 동안 멈추지 않고 있는 것을 보면 몹시 불량한 모임이다.

불량소년 또는 불량소녀라는 말이 있다. 불량이라는 것은 나쁜 짓을 하는 놈들의 행위를 가리키는 게 아니다. 불량이라는 것은 나쁜 짓을 하는 인간을 가리키는 것이 아니고 나쁘다고 알고 있으면서도, 멈추고 싶다고 생각하면서도 멈추지 못하는 약한 의지를 말한다.

차인이라는 게 졸렬하고 맛도 없는 차를 타면서도 다도구를 과시하고, 또 뒤에서는 악담을 하기에 다도는 외도外道라고 말하는 게 잘못이 아니다. 알고 있으면서도 그만두지 않는 불량한 모임, 의지가 약하고 가엾은 인간들이 차인이라고 생각한다. 때문에 자신의 나약함을 얼버무리려 하고, 또 찻자리에서는 아름다운 말로 칭찬하지만 눈은 무언가 실수나 약점이 없는지 살피고 있다.

사람 앞에서 말하고 싶은 것을 말하고, 서로 간에 마음을 상하지 않게 하여, 가식적인 것에 익숙해지지 않으면 좋겠다.

나는 다도가 계속되어 가고 있는 것은 좋은 일이라고 생각한다. 그러나 음지와 양지가 있는 것은 싫다. 이것은 잘못된 버릇일까, 잘못된 습관일까. 정말 이것을 전통이라고 하는 것은 아닐 것이다.

중요한 것은 현대 다도가 만들어낸 몰이해가 이런 사태를 야기한다는 것이다. 이것은 지금의 다도 지휘자의 책임이다.

다도는 지극함이 없이 어중간하게 추락하고 있다. 무슨 일이든지 어설프면 크나큰 상처를 가져온다. 선무당이 사람 잡는다는 말이다.

로산진이 일본다도 자체를 폄하하지는 않았다. 그 역시 다도를 '미적 취미 종합대학'이라 말할 정도였으니 말이다. 다만 진정한 차인은 직업적 기능자가 아니라 '미'의 발견자이며 위대한 예술의 지휘자가 되어야 한다는 메시지를 던진 것이다.

로산진은 요리요정 '호시가오카사료'를 통해 요리를 예술로 승화시킨 인물이다. 그 전설적인 요리요정에서 로산진의 위치는 지휘자였다.

로산진, 은어를 미식하다

로산진이 남긴 글 중에 아주 많이 등장하는 요리나 식재료가 은어다. 그만큼 은어를 즐겼고 은어 홀릭이라 할 만큼 각 지방의 은어를 찾아다녔다.

은어는 지금도 일본인들이 포획금지 기간이 해제되면 소금구이로 즐기는 고급 제철 요리이다. 매년 봄부터 가을까지는 은어의 계절이다. 로산진이 은어를 최고의 요리로 여기지는 않았지만 민물고기 가운데서는 자태도 우아할뿐더러 맛도 매우 뛰어나다고 평가했다. 민물고기 중에서는 비릿한 맛이 적을뿐더러 제철을 맞은 은어 맛을 따를 게 없었다는 경험을 전하고 있다.

로산진은 오랜 미식체험을 통해 은어는 생육 환경과 신선함으로 맛과 향이 결정된다는 걸 알았다. 은어는 해수 내성이 있어 어린 시절 바다에서 잡식을 하지만, 크면 강이나 계곡의 돌에 붙어 있는 이끼류(규조류)만 먹는다. 규조의 질이 은어 맛을 결정한다. 수박 향, 크기 모두가 먹이나 수질, 수세 등 환경에 따라 다르다. 물이 맑고 비교적 폭이 넓은 강에서 자라야 하며, 특히 물살이 거센 곳이어야 맛과 향을 제대로 지닌다.

잡는 방법에 따라 맛이 다르다고 하는 것은 신선함을 의미하기도 한다. 기후岐阜지방의 전통적 포획 방법은 가마우지를 이용해서 은어를 잡는 것이다. 물론 지금도 행해지는 전통어로 방식이다. 그렇게 잡으면 비록 가마우지의 이빨 자국이 남긴 하지만 순식간에 숨통을 끊기에 신선하며 제맛을 즐길 수 있다는 데 동의하고 있다. 단, 생육환경은 물살이 느려 살이 단단하지 못한 것이 흠이라고 덧붙인다.

반대로 교토 가쓰라桂川 강 인근에서는 투망을 던져 잡는다. 이때 은어는 도망을 치려고 투망 밑으로 파고들다가 모래를 삼키기도 한다. 따라서 해감을 빼기 위해 하루 정도 수조에 넣었다가 요리를 한다. 그 상태로 사흘이 지날 정도면 이미 은어는 뱃속의 내장 지방이 줄어들고 맛은 기대할 수 없다는 것이다. 로산진의 이야기를 들어보자.

언젠가 도쿄 니혼바시에서의 일이다. 어느 가게 주인이 최고의 식재료만 취급한다고 자랑을 해대기에 은어를 구입해서 소금구이를 했던 적이 있다. 군침을 삼키며 은어를 덥석 베어 물었지만 무언가 허전했다. 뱃속이 텅 비어 있었다. 내장이 없었다. 내장이 없는 은어가 있을 수 있나? 대체 이건 뭐지? 내장이 탁자 밑으로 떨어진 것도 아닌데 내장 비슷한 맛도 찾을 수 없었다. 그래서 다른 한 마리는 주의를 잔뜩 기울여 찬찬히 먹어보았다. 역시 마찬가지로 속이 비어 있었다. 나는 그때 처음으로 은어를 수조에 오래 두면 내장이 녹아버린다는 사실을 알게 되었다.

로산진은 은어를 잡고 나서 가능한 한 10시간을 넘기지 말라고 쓰고 있다. 로산진이 은어를 미식의 반열에 올리는 것은 은어 내장 맛을 고스란히 지니는 신선한 소금구이와 은어 아라이즈쿠리(생선의 저민 살을 찬물이나 얼음으로 씻어 꼬들꼬들하게 한 회) 때문인데 이래서는 곤란했던 것이다. 냉동 은어의 맛이 떨어지는 것도 내장이 줄어들기에 권하지 않는 것과 같은 이치다.

특히 도쿄는 대도시라 각 지역의 은어가 몰려들지만 대개 잡은 지 사흘 이상의 것이거나 내장을 제거한 것들이다. 맛을 기대하기 힘들다.

내장을 뺀 은어를 먹으려면 아예 다른 고기를 먹으라고 소리를 높인다. 게다가 신선한 은어를 튀김으로 먹는 행위는 어리석음의 극치라는 독설을 퍼붓는다.

은어의 크기와 맛의 관계도 수많은 식도락 경험으로 분명하게 언급하고 있다. 다음은 「어린 은어의 기품을 먹는다」는 글의 일부이다.

사치스럽다고 하는 사람이 있을지도 모르지만 높은 것에도 더 높은 것이 있고, 낮은 것에도 더 낮은 것이 있듯이 미각에도 등급이 있다. 어린 은어의 맛을 즐길 줄 아는 사람은 가장 높은 입맛을 가졌다.

단바丹波의 슈잔秀山이나 와치가와和知川의 어린 은어라면 더 이상 말이 필요 없다. 우선 모양새가 마음을 사로잡는다. 뛰어난 향에 코를 벌름거리게 된다. 벌써 술 한 잔이 간절해진다.

맏물 은어는 머리에서 꼬리 끝까지 6~8센티미터 정도 되는 것인데 그 맛은 표현하기가 어려울 정도다. 어린 은어는 우아한 기품을 가지고 있다. 24센티미터 정도의 다 큰 은어와는 비교 불가할 정도의 높은 격조를 지녔다. 입으로 누릴 수 있는 최고의 사치라고 말해도 좋을 것이다.

다음으로 로산진의 「은어를 맛있게 먹는 방법」이라는 글을 소개한다.

일반 가정에서는 여러 사정상 은어를 맛있게 요리해서 먹기는 어렵다. 은어는 어린 은어를 소금구이로 요리하는 것이 적격이지만 가정에서는 살아 있는 신선한 은어를 손에 넣기가 어렵다.

지역에 따라서는 가능한 곳도 있지만 도쿄의 상황으로는 절대 불가능이라 해도 좋을 것이다. 설령 신선한 것을 구입했다 하더라도 초보자가 능숙하게 꼬치에 꿰어 굽기는 어려울 것이다. 대부분의 사람들은 은어는 물을 떠나면 금방 죽어버리는 약한 물고기로 생각하지만, 사실 은어는 도마 위에 올려놓고 머리를 내리쳐도 펄떡거리며 뛰어오를 정도로 힘이 좋다. 게다가 굉장히 미끈거리기 때문에 초보자가 쇠꼬챙이에 꿰는 일은 어려운 것이다. 거기에다 보기 좋게 구워낸다는 게 쉬운 일이 아니다.

게다가 보통 가정에서 사용하는 연한 숯으로는 제대로 구울 수 없다. 만약 꼬리지느러미를 까맣게 태운다면 힘들게 손에 넣은 은어를 버리고 마는 것이다. 그러니 가정에서 은어를 제대로 굽지 못한다고 부끄러워할 이유는 없다.

보기만 해도 군침이 돌 정도로 노릇노릇하게 모양 하나 흠 잡을 데 없이 구워진 모양은 그 속에 감춰진 훌륭한 은어의 맛을 상상하게 하는 첫인상이므로 대단히 중요하다.

결국 일류 요릿집에 기댈 수밖에 없다. 어쨌든 맛과 형태의 아름다움은 떼려야 뗄 수 없는 관계인데, 특히 은어는 모양의 아름다움이 매우 중요하다. 은어는 자태가 수려한 물고기다. 그러나 산지에 따라 다소간 생김새의 차이는 있다. 은어는 생김새가 아름답고 빛을 발할수록 맛도 좋다. 나아가 굽는 실력의 좋고 나쁨은 은어 맛의 결정적 요소가 된다.

맛있게 먹으려면 산지에 가서 일류 요릿집을 찾아야 한다. 물론 가장 이상적인 것은 직접 잡아 그 자리에서 구워 먹는 것이다. 은어는 소금구이가 일반적이지만 최상품의 은어라면 아라이즈쿠리로 먹는 것도 결코 뒤지지 않는다.

어린 시절 교토에 살 때 일이다. 어느 날 생선장수가 은어 머리와 뼈를 잔뜩 가지고 왔다. 살을 발라내고 난 부산물이었다. 잡어라면 모를까 그래도 은어가 아닌가. 그것을 구워 국물을 내거나 구운 두부 등과 함께 삶아 먹으면 틀림없이 맛있을 거라 생각했다. 어린 마음에 그렇게 많은 은어 찌꺼기가 어디에서 났는지 물어보았다. 교토에 사는 미쓰이 씨 주문이었는데 아라이즈쿠리를 만들고 남은 거라 했다.

나는 그렇게나 사치스러운 사람도 있나 싶어 놀라는 한편 감탄했다. 그리고 그때 은어를 아라이즈쿠리로 먹는 방법이 있다는 것을 처음으로 알았다. 그러나 당시는 늘 가난에 찌들었던 때라 그런 호사는 누릴 수 없었고 먹을 기회조차 갖지 못했다.

그러던 어느 날, 나에게도 기회가 왔다. 가가加賀 야마나카 온천에 머물 때였다. 온천 부근에는 고오로기 다리라는 우아한 이름이 붙은 다리가 있고, 그 다릿목에 마스키로우라는 요릿집이 있었다. 거기는 깊은 계곡에 사는 은어나 둑중개, 곤들매기 등을 신선한 상태로 먹을 수 있었고 가격도 저렴했다. 깊은 산중이라 먹을 만한 곳이 없어 그곳을 찾을 수밖에 없었고, 사람들과 함께 그 요릿집을 자주 찾았다. 그러던 중, 어린 시절 들었던 아라이즈쿠리를 떠올리고 주문을 했다. 물론 값도 비싸지 않았다. 순간 감격했다. 아, 이 맛 때문에 미쓰이 씨가 그랬던 것일까. 그날 꽤 많이 먹었던 기억이 난다.

그날 이후로는 손님이 오면 그 요릿집으로 안내하고 아라이즈쿠리로 접대를 하곤 했다. 그런데 습관이란 게 묘해서 대부분의 사람들은 꺼려해서 먹으려 들지 않았다. 머리는 어떻게 했나, 뼈는 잘 발라내냐는 등 걱정을 했다. 당시 교토에서 2엔 정도 하던 은어를 마스키로우에서는 30전에 먹을 수 있었다. 그런데 아라이즈쿠리로 먹으면 1인분에 1엔 이상이었다.

은어를 그런 식으로 먹는 것은 어쩐지 아깝다거나 나쁜 짓을 하는 게 아닌가, 하는 생각이 들어 맛은 알지만 용기를 내기 어렵기도 했다. 하지만 때만 맞으면 지금도 아라이즈쿠리로 먹는다.

이 은어 아라이를 힌트로 해서 얻은 것이 곤들매기 아라이다. 약 15센티 정도의 곤들매기를 아라이로 만들어 먹으니 은어에 버금가는 훌륭한 맛이었다.

그 외에도 기후지역에서는 어죽으로, 가가에서는 칡잎말이 혹은 대나무 통에 넣어 구워 먹기도 하지만 이들은 소금구이를 할 사정이 못되는 경우의 조리법이다. 말하자면 원시적 방법으로 나름대로 좋은 방법이긴 하지만 으뜸이 될 수는 없다. 이런 방식을 도쿄에서도 흉내 내는 사람들이 있는데 이들은 은어를 먹는 시늉만으로 만족하는 무리일 뿐이다.

역시 은어는 소금구이로 해서 입이 데일 정도로 뜨겁고 향기로운 것을 덥석 베어 먹어야 한다.

은어는 향이 독특하여 향어, 1년밖에 살지 못하기에 년어라 불리기도 한다. 최고의 은어 요리는 좋은 환경에서 자란 은어를 직접 잡아 그 자리에서 소금구이를 해 다데식초—여뀌풀 풀잎을 갈아 만든 식초. 일본의 아주 오래된 향신료, 은어의 비린 맛을 없애고 맛을 제대로 살려주는 최고의 소스로 알려짐—를 곁들여 먹는 것이라 했던 로산진, 그의 은어 사랑은 그가 남긴 많은 글만으로도 짐작이 간다.

1959년 12월 21일 기타오지 로산진이 사망했다. 이틀 후, 도쿄신문에는 소설가 고지마 마사지로小島政二郎가 쓴 추도의 글이 실렸다. 그는 추도문 마지막에서 "선생의 집에서 요리를 먹을 때면 선생의 마법魔法에 걸려들고 만다."고 술회하며 안타까워했다.

로산진의 맥주 사랑

우선 소개하는 글은 로산진이 유럽을 여행할 때, 평소 친분이 두터웠고 로산진 사후에 추도의 글을 썼던 소설가 고지마 마사지로小島政二郎에게 보낸 편지다. 당시 로산진은 전시회와 여행을 위해 미국, 유럽을 돌고 있었는데, 이 편지는 프랑스 파리에 있는 호텔에서 쓴 것이다.

고지마 마사지로 군

-런던으로 가는 도중, 캐나다 구즈베이 공항에서 기상악화로 12시간 대기. 아침 기내식으로 나온 베이컨이 맛있었음. 미국, 영국, 프랑스 등지에서 먹었던 베이컨 가운데는 최고임. 5월 4일 오전 1시에 런던 도착. 3일간 체재-

영국인들의 생활은 일본에 비해 너무 풍부해서 부러울 따름입니다. 게다가 영국인들은 얼핏 봐도 검소합니다. 물론 영국인들에게는 자연스러운 것이지만 일본인의 눈으로 보면 부럽다는 것이죠. 하이드파크

인근 백화점 상품들은 모두 멋스럽고, 런던 거리의 아이들은 활기가 넘칩니다.

지금껏 영국의 음식은 맛이 없다고 알고 있었는데 여기 와서 보니 듣던 바와는 딴판입니다. 오랜 전통을 지닌 나라답게 미국과는 비교가 안 될 정도의 격식을 갖추고 있습니다. 여기저기 돌아다니며 여러 음식을 먹어보았지만 맛이 좋았습니다.

런던에 도착하면 무엇보다도 비프스테이크를 먹어보겠노라 잔뜩 기대를 했었는데요, 안타깝게도 아직 고기 배급제도가 시행 중인 바람에 뜻을 이루지 못했습니다. 제가 런던을 떠나고 얼마 지나지 않아 해제되었다고 하니 다시 런던으로 가고 싶네요.

제가 맥주를 좋아하는 것을 아시죠. 매일처럼 마시고 있습니다. 일본을 떠난 후 마셔 본 맥주 중에서 가장 훌륭한 것은 뉴욕 러시아 음식점에서 만났던 덴마크산 투보르그 맥주였습니다. 그렇게 깊고 진한 맛은 일본은 물론이려니와 미국, 영국, 독일, 체코, 프랑스 맥주와 견줄 수 없었습니다. 미국의 슈리츠나 일본의 기린보다도 뛰어났습니다.

미국에 들어온 일본 맥주는 미국 캔 맥주 정도로 맛이 없었습니다. 유럽에 와서야 맥주 역시 신선도가 중요하다는 걸 알았습니다. 미국에서 맛본 독일 맥주 역시 듣던 것보다는 뛰어나지 않았습니다. 오랜 기간 배와 기차 안에서 흔들리며 중요한 무언가가 빠져나간 것이 아닌가 하는 생각을 해 보았습니다.

또한 '맥주는 큰 병보다는 작은 병이 더 맛있다'고 늘 생각해왔던 나의 판단이 틀리지 않았음을 여기 와서 확인했습니다. 일본을 벗어나 보니 어느 나라나 전부 작은 병입니다. 일본도 하루빨리 그렇게 바뀌었으면 하는 바람을 가져봅니다.

-5월 7일 파리 도착. 프랑스 맥주는 정말 형편없음. 아마 프랑스는 물이 좋지 않아 그런 듯. 체코 맥주는 탕약 비슷한 향과 맛. 독일 맥주는 파리에서 마셔도 평판보다는 떨어짐. 이 정도라면 맥주를 마시러 일부러 독일에 갈 필요는 없을 듯. (5월 15일 파리 몽파르나스 호텔에서)-

로산진이 미국 뉴욕 알프레드 대학에서 '예술에 있어서 인간과 작품의 관계에 대하여'라는 주제로 강연할 때의 일이다.

그곳은 주류 판매가 금지된 지역이었다. 그런데 강연 시간이 다 되어 로산진은 꼭 맥주를 마셔야겠다고 고집을 피우기 시작했다. 맥주를 마시지 않고는 강연을 할 수 없다는 것이었다. 현장에 있던 사람들의 난감해하는 표정과는 달리 그는 너무도 태연했으며 요지부동이었다. 더 큰 문제는 거기서 맥주를 파는 지역까지는 승용차로도 한 시간은 족히 걸린다는 점이었다.

결국 이 노인의 고집을 꺾을 수 없어 요구대로 맥주를 구해 와야 했고, 그는 맥주를 마시고 나서야 강연을 시작했다. 덕분에 청중은 세 시간을 기다려야 하는 대가를 치렀다.

상식적으로 이해할 수 없고 비신사적인 행동을 거리낌 없이 하는 그가 미국인의 입장에서 어떻게 보였을까? 알려진 바는 없지만, 그렇게 막무가내로 고집을 부릴 상황이 아니었다면 의도적인 불만의 표시였을 가능성이 높다. 혹시 술을 금지한다는 것 자체에 대한 불만의 표시는 아니었을까?

로산진은 젊을 때는 여러 가지 술을 즐겼지만 나이가 들어가면서 맥주 쪽으로 기울었다. 맥주 마시는 법만 보아도 과연 식도락가였다. 식사 때는 물론이며 때를 가리지 않고 맥주를 마셨다. 일본 맥주 중에는 기린라거 맥주만을 고집했다.

미국 여행 때는 위에서 본 것처럼 뉴욕 러시아 요리점에서 처음 마셔본 덴마크산 '투보르그' 맥주에 반하기도 했다. 그래서 기린맥주 외에는 투보르그만 마셨다. 하지만 일본에 돌아와 투보르그를 마시기는 쉽지 않았고. 결국 죽을 때까지 즐긴 것은 기린라거 맥주였다.

일본의 주법에서는 상대방의 잔이 조금이라도 비면 곧장 술을 채워주는 것이 예의이다. 일본 술이든 소주든 맥주든 마찬가지이다. 우리에게는 예의에 어긋나는 일이지만 그들에게는 상대방에 대한 관심과 배려의 의미이다.

하지만 로산진은 달랐다. 절대로 남이 자기의 잔에 술을 따르지 못하게 했다. 스스로 따르되 마실 만큼만 따라 마셨다. 그렇지 않으면 항상 잔이 비어 있었다. 그것은 맥주를 가장 신선하게 즐기는 방법이었다. 맥주는 잔에 채워놓으면 탄산가스가 날아가고 거품이 사라진다. 소위 '김빠진 맥주'가 되는 것이다. 미식가 로산진은 이런 것마저 철저히 지켰다.

그는 맥주병도 작은 것만을 고집했다. 작은 병일수록 신선한 상태에서 마실 수 있고 병뚜껑을 여는 순간부터 맛이 사라지기 시작한다는 게 이유였다. 또 식탁 위에서 큰 병은 너무 두드러져 상의 조화를 깨뜨린다고 생각했다. 그뿐 아니라 그는 거품을 풍부하고 오래 지속하게 하는 도자기, 특히 시노 도자기로 맥주용 조끼를 빚어 즐기기까지 했다. 진정한 애주가였던 것이다.

교토에 있는 그의 무덤에는 맥주 조끼가 놓여 있다. 손자와 손녀가 있지만 기타오지 가문을 이은 것은 딸이었고 외손자였다. 로산진이 기타오지 가문으로 돌아올 때, 자신이 양자로 있던 후쿠다 가문으로 장남을 대신 보냈기 때문이다. 외손자 기타오지 히로시는 현재 나고야에서 가마를 열어 도자기를 빚고 있다. 무덤의 맥주 조끼는 그가 빚어 놓은 것일까?

에필로그

음식飮食은 마시고 먹는다는 의미지만, 요리料理는 이치를 헤아린다는 뜻이다. 그러니까 이치를 헤아려서 먹고 마실 것을 만든다는 것이다. 쉽지 않은 무게가 실렸다고 할지 모르나 당연히 그래야만 한다.

인간에게 음식은 미묘한 존재다. 상황에 따라서는 단지 목숨을 연명하기 위한 처절한 싸움의 대상이기도 하지만 때론 지고한 즐거움이기도 하다. 죽고 사는 일이 아니라면 요리는 예술을 지향하기까지에 이르렀다. 그래서 예술로서의 요리를 말했다. 한 끼니를 해결하는 행위로 보지 않았다. 배부른 소리로 여기지 않도록 하는 말이다.

요리인이 요리를 통해 하나씩 헤아려가는 것은 수행자가 삶의 이치를 깨달아가는 것과 다르지 않다. 지식과 정신이 별개이어서는 불가하다. 알아가며 깨닫는 것이며, 깨닫는다는 것은 성찰을 말한다.

요리를 안다고 해서 얼마나 안다는 것인가. 개발한 레시피가 얼마나 많다는 것인가. 그런 게 요리에서 몇 할을 차지할지 장담할 수는 없다. 단, '정신 있는 요리'란 무엇을 얼마나 아는지 내보이는 것보다 무얼 모르고 있는지 질문하는 요리임은 틀리지 않은 것 같다.

어느 섬마을에 겨울이 깊었다. 바닷바람이 거세다 해도 봄기운이 섞인 건지 아니면 섬마을이 따스하게 품은 건지는 모르지만 풀숲에는 방풍이 푸르고 머위도 싱싱하다. 여든 중반의 할머니는 나물을 뜯고, 요리사는 제철인 물메기를 들고 방문했다.

할머니는 방풍나물을 준비하고 머위도 다듬는다. 요리사는 회를 뜨고 매운탕용으로 큼직하게 잘라둔다. 노련한 셰프는 무채를 썰고 회초무침을 만들려 한다.

"물메기회는 식초에 저며야 제맛을 낸다네."

등 뒤에서 들리는 할머니 목소리다. 요리사는 잠시 손을 멈추고 얼굴을 붉힌다. 그러나 이내 환한 미소가 번지고, 창밖 바다는 은빛 윤슬로 일렁인다.

부록

일본 요리의 요점, 로산진이 신입 요리사들에게 들려주는 요리철학

- 기타오지 로산진

요리요정 '호시가오카사료星岡茶寮'를 연 이후 요리사를 채용할 때 교토 출신을 선호한 이유는 요정의 간부들이 모두 교토 사람이라는 것 때문만은 아니다. 일본요리는 교토를 원류 혹은 본가로 하여 발달하여 왔기 때문이다.

하지만 교토 또한 시대의 흐름을 거스르지 못하고 좋은 풍속이나 특산물이 점점 사라지고 있다. 그래도 가정요리는 여전히 옛날 그대로의 모습을 지키고 있기에 제대로 된 요리라 할 만하다. 진정한 요리라 할 수 있는 오랜 전통의 흐름이 마르지 않는 강물처럼 그 맥을 이어오고 있다. 그러하기에 배워야 할 점이 적지 않다. 일본에서 교토만큼 진정한 요리, 합리적이고 무리하지 않는 요리, 그리고 아름다운 요리가 발달한 곳은 없다.

반면에 교토 요릿집의 요리나 요리사의 요리는 그렇지 못하다. 이번 신입 요리사들이 한껏 솜씨를 발휘했다는 요리를 보고 나서 유감을 표하지 않을 수 없다. '이게 과연 교토 일류 요정의 실력을 이어받은 요리인가', '교토의 내로라하는 요릿집의 중책을 맡았던 사람들인가' 싶었다. 어느 사이에 교토의 요리도 크게 변질되고 내리막길을 향하고 있음을 느꼈다.

본래의 맛을 살려라 持ち味を生かせ

가정요리는 즉흥적으로 만들어도 문제가 되지 않는다. 자기 삶의 방식대로 만들기 때문에 요리 본래의 의미를 잃지 않는다. 하지만 요릿집의 요리는 세상의 흐름이나 사람들의 표정을 살펴야 하는데, 거기에 신경을 쓰다 보면 자기 자신을 잃고 만다. 그래서 자신도 모르는 사이에 비합리적으로 되어버리고 결국에는 정체불명의 괴상한 요리를 내놓기에 이른다.

이것은 제군들이 요릿집의 요리에 대해 크게 잘못 알고 있기 때문이다. 맛은 제쳐두고 제멋대로 식재료의 특성을 죽이거나 변형시키고, 색을 바꾸고, 맛은 대충 보고 만다. 먹는 사람들이 어떤 재료로 만든 것인지 쉽게 알지 못하도록 요리하고서는 그것을 자랑거리로 생각한다. 이는 나쁜 길로 가는 지름길이기에 단연코 경계해야 할 모습이다.

요리의 본질은 어디까지나 식재료가 지닌 본래의 맛을 죽이지 않는 일, 그것이 요리의 첫째 조건이다. 어패류, 채소, 건어물 등 어느 것이나 예외는 없다. 이렇게 말하면 제군들은 이렇게 반문할지도 모른다.

"두부는 콩이라는 재료를 변형시켜 만들었지만 얼마나 좋은 요리가 되고 있습니까?"

두부 같은 요리는 콩이라는 본질을 변형시킨 요리로써는 대성공한 경우가 맞다. 하지만 그렇게 흔히 있을 수 있는 예외적인 사례를 요리의 일반론에 적용시키는 것은 내 의도를 비켜가는 것이다.

『도후햐쿠친豆腐百珍』(1782년 간행), 100종류의 두부요리에 대해 서술한 책 같은 경우에는 두부를 다양하게 변형시켜 그것이 과연 두부라 할 수 있을지 분간하기 어려운 요리를 제안하고 있다. 이것이야말로 내가 말하는 억지스러운 요리이다. 먹어보면 두부의 맛은 없고, 재료의 정체를 알 수 없으며 유치한 맛만 날 뿐이다. '이것이 정말 두부로 만든 요리란 말인가.' 하고 놀라게 하는 것을 목적으로 한 듯한 분별없는 요리다.

미숙한 요리사는 근본을 알지 못한 채 저급한 요리를 만들고서도 스스로 잘난 체하는데 정말 낯부끄러운 이야기다.

맛있는 두부요리를 하고자 할 때, 사려가 깊은 요리사라면 유도후든 구운 두부요리든 튀김 두부요리든 그 재료 본연의 맛을 살리는 방법을 찾고자 할 것이다. 동시에 재료 자체를 음미하려 할 것이다. 사실 이 정도를 깨닫지 못하거나 지혜를 갖추지 못하면 좋은 요리사가 될 수 없다.

요컨대 요리의 근본은 식재료이다. 어류, 채소 고기 등 그 어떤 것이라도 그것이 본래 지닌 맛을 바꾸지 않으려는 마음가짐이 중요하다. 서양이나 중국요리도 마찬가지지만 특히 일본요리에서는 재료 본연의 맛을 살리는 게 핵심이기에 이 점에 더욱 신경을 써야 한다.

서양요리나 중국요리는 식재료 본연의 맛이 부족하여 여러 보조적인 조미료를 가미하여 일종의 혼합된 맛을 내는 것이 특징이다. 그러나 일본 요리는 질적으로 뛰어나고 맛있는 식재료가 풍부하기에 보조적인 맛은 가다랑어포로 충분하다. 물론 교토에서는 다시마도 함께 사용하여 간단하게 보조적인 맛을 낸다.

천연의 맛보다 뛰어난 풍미를 가진 맛은 없다. 무나 콩의 맛, 정어리나 참치 한 조각의 맛이라도 인위적으로 만들 수는 없다.

올해 일흔이 넘은 사쿠라이 공학박사는 요리 전문가를 자처하는 인물이다. 그는 '분게이슌주文藝春秋'에서 주최한 음식 관련 좌담회에서 우리에게 '일본에는 조미료나 보조적 조미료가 거의 발명되지 않았다'며 자못 깔보듯이 개탄했다.

하지만 그것은 일본의 문명이 뒤떨어진 탓도 아니고 과학적으로 발전하지 못했기 때문도 아니다. 어떤 나라에 조미료나 보조적인 맛을 내는 것이 적다면 오히려 그 나라의 식재료가 뛰어나다는 걸 의미한다. 서양요리에는 보조적인 맛을 내는 조미료가 풍부하다는 박사의 말은 결국 서양의 식재료는 질이 떨어진다는 표현에 다름없다.

추측이긴 하지만 화학조미료 회사인 '아지노모토味の素'의 스즈키 사장도 평소 가정에서는 가다랑어포를 사용하지 않을까 생각한다. 내가 이 이야기를 길게 반복하는 이유는 자연의 맛을 뛰어넘는 인공의 맛은 없다는 걸 강조하기 위함이다.

그러므로 조리에 뜻을 두고 있는 사람은 자연의 맛을 가장 귀하게 여겨야 하며, 이 점을 요리의 가장 중요한 요소로 새겨야 한다. 항상 이를 염두에 두고 재료 본래의 맛을 살릴 수 있는 공부를 해야 한다.

아사쿠사浅草의 김 하나를 구울 때도, 무즙을 만들 때도 천연의 맛을 살릴 수도 죽일 수도 있다. 흔히 아침상에 오르는 미소시루나 낫토에도 삶과 죽음의 호흡이 있다. 삼시 세끼 짓는 밥도 쌀 본연의 맛을 살리느냐 죽이느냐에 따라 1등급 쌀이 3등급으로 전락하기도 하고 그 반대가 되기도 한다.

쌀 이야기가 나온 김에 하는 말이지만, 나는 요즘 요리사 중에 쌀밥을 제대로 지을 수 있는 사람이 있을까 걱정하는 사람이다. 우선 일본요리에서 쌀밥이 가장 중요하다고 인식하고 있는 요리사가 있을까?

솔직히 말하면 쌀밥이야말로 가장 중요한 요리이며, 연회 요리인 가이세키会席요리에서 쌀밥은 요리를 완성하는 마지막 역할을 한다. 불완전한 밥은 온갖 정성을 다해 만든 다른 요리까지 물거품으로 만들 수 있기에 밥이야말로 요리 전체에 영향을 끼치는 것이다.

이런데도 일류 요리사들은 밥을 지을 수 있냐고 물으면 간단히 '아니오'라고 대답해버린다. 그들에게 밥을 짓는 것은 요리 행위가 아니라는 인식이 박혀 있기 때문이다. 그래서 밥을 못 짓는 게 요리사로서 부끄러운 일이라고는 생각하지 않고, 오히려 밥 따위를 짓는 일이야말로 요리사의 치욕이라 생각할지도 모르겠다.

실제로 이런 일이 많이 일어나고 있는 것을 보면 현대 일본요리는 잘못된 의식을 지녔다고 말할 수밖에 없다. 지금 일본요리는 그 본령을 거의 잃어버리고 있으며 그 세계가 좁아지고 있다. 저급한 중국요리에 밀려나고 서양요리에 잠식당하고 있다. 이제 남아 있는 일본요리라고는 값싼 하급 요리나 값비싼 재료를 이용한 최고급 요리에서 일부 그리고 가정요리에서 자취를 찾을 수 있을 뿐이다.

밥을 먹어야 제대로 먹은 것 같다고 하던 일본인들이 일본요리에 등을 돌리게 한 책임은 대다수 요리사의 무지와 무능에 물어야 한다. 아울러 고객의 입장이 되어 그들이 원하는 바를 잘 헤아려야 한다. 물론 손님의 심리에도 많은 모순이 있다는 점도 간파해야 한다. 그리고 그런 모순을 받아들이지 않으면 안 되는 입장이라는 점도 알고 있어야 한다.

요리사가 먼저 이러한 점을 깊이 유의하지 않으면 백 년을 갈고 닦아도 요리의 장인이 될 수 없다. 요리는 누구나 할 수 있는 것 같지만 멍청하고 어리석은 사람이 할 수 있는 일이 아니다.

요리는 곧 사람이다

요릿집을 찾아다니며 미식을 즐기는 사람들이 하는 이야기 중에는 요리사나 주인이 미처 생각하지 못했던 점도 있긴 하다. 한편으론 공감하기도 하지만 어떤 면에서는 이치에는 맞지만 실제에 적용하기 어려운 이야기도 있다. 또 개중에는 논리에 맞지도 않고, 자가당착에 빠져 제멋대로인 경우도 있다. 식도락을 즐긴다고 해서 반드시 음식을 잘 안다는 보장은 없기 때문에 논할 가치가 없는 것이다.

예를 들어 미식가라고 자처하는 사람들이 어패류든 채소든 제철 음식만이 최고라고 주장한다고 하자. 미식을 안다는 사람들은 곧장 무릎을 치며 동의할 것이다. 계절의 향과 맛을 존중해야 한다는 건 지당한 말이기 때문이다.

이런 사람들은 제철 재료를 사용하지 않은 요리는 경시할 수 있다. 제철이 아닌, 예컨대 3월경에 가지나 호박으로 만든 요리가 나온다면 요릿집의 무지함을 탓하거나 비웃을 것이다.

이건 일견 반박할 수 없는 타당한 반응이지만 그들의 지적을 수용한다면 요리사나 요릿집은 문을 닫을지도 모른다. 그들의 말은 당연하지만 곧이곧대로 받아들이기에는 모순이 있다. 논리적으로는 맞다 하더라도 받아들일 수 없는 것도 있다는 것이다. 인간은 순리에만 따를 수는 없기 때문이다.

가을이 오고 송이버섯의 맛과 향이 절정에 이르렀을 때, 삼류 요릿집은 어떨지 모르지만 일류 요릿집이라면 제철 맞은 송이버섯 요리를 자신만만하게 선보인다. 하지만 기대와는 달리 손님의 관심을 끄는 데 실패하는 일이 종종 있다. 이는 '제철 음식'을 지나치게 따지는 사람일수록 삼시 세끼를 먹어대다가 질려버리기 때문이다. 이렇게 아무리 맛과 향이 뛰어난 제철 음식이라도 끼니마다 먹는다면 미식의 가치가 떨어진다는 말이다.

또 중산층 이상의 가정이라면 많든 적든 간에 원하는 제철 재료를 구입하여 집에서도 얼마든지 즐길 수 있다. 상류층들은 송이버섯이나 은어, 과일 등이 제철 선물로 넘쳐날 것이다. 게다가 제철일수록 품질도 좋지만 가격도 저렴하다. 나의 경험에 비추어 보았을 때, 이런 가을에 고급 요릿집에서 제철 요리에 집착하는 것은 순리만 따르는 것일 뿐, 요릿집 경영은 어려울 게 뻔하다.

그렇다고 요릿집의 요리가 순리를 거슬러도 된다는 뜻이 아니다. 당연히 순리는 따라야 한다. 요리가 '합리'를 떠나면 요리로서 존재하기 어렵다. 하지만 뛰어난 스님이었던 료칸良寬화상이 일갈했듯이 이 세상에 쓸모없는 것이 세 가지 있는데, 요리사의 요리, 서도인의 글씨, 가인의 노래가 그것이다. 지금 요릿집의 요리는 불합리하기 짝이 없다. 이치에 어긋나고 무의미하여 참으로 유감스럽다.

원인을 따진다면 고객이 겉보기만 화려한 요리를 고집하는 데도 있지만 한편으로는 대부분의 요리사가 무지하고 무능하며 수양을 쌓지 못한 데 있다.

내가 이런 논리로 이러쿵저러쿵 말하면 신입 요리사들은 호시가오카샤료의 주방에서 허와 실을 어떻게 판단해야 할지 몰라 혼란스러울 것이다. 먼저 해야 하는 일은 요리는 매우 어려운 일이라는 점을 깨달아야 한다. 얕은 지식이나 우물 안 개구리 같은 생각으로, 부끄러움도 모르고, 자각이나 반성도 없이 저급한 기술만을 내세우는 요리를 일본요리라고 생각해선 안 된다. 마땅히 각성을 촉구하고 철퇴를 내리고 일본요리에 대한 식견을 갖추도록 해야 한다.

돌이켜 생각하면 인간의 삶에는 허와 실이 공존한다. 여기에서 벗어날 수 없는 이상, 요리 또한 허와 실을 꿰뚫어 보는 힘이 있어야 한다. 결국 요리도 학문과 수양의 문제로 귀결되므로 요리사 스스로를 갈고 닦는 데 경주하는 길 외에는 없다.

스스로를 연마하는 문제가 가장 중요한 일이지만 쉽게 얻을 수 있는 게 아니므로 우선 그 중요성을 이해하는 것만으로도 충분하다. 그런 마음가짐이 되어 있다면 언젠가는 그 뜻이 몸에 배고 인격과 지혜를 갖추게 될 것이다.

그런데 요리사들은 왜 요리를 불순하고 불합리하게 만들어버렸을까? 그런 가소로운 일을 왜 반복해왔을까? 나는 앞에서 요리사들의 무지를 원인으로 지목했지만, 어째서 무지한지에 대해서는 말하지 않았다. 여러분들 스스로도 자각하고 있겠지만 요리사들은 하나같이 배우려 하지 않았다. 이것이 근본적인 이유이다. 그들은 책도 보지 않을뿐더러 세상 이치를 너무 몰랐다.

세상을 알지도 못하고 그런 교육을 받지도 못한 자가 세상 모든 계급을 상대로 요리를 한다는 것 자체가 무모한 일이며 모순이다. 요리사들이 만든 음식을 먹는 사람은 고관대작에서부터 노동자까지 다양하다.

노동자 계층이 원하는 음식은 비교적 단순하기에 크게 문제 될 것이 없다. 또한 노동자의 생활이나 요리사의 생활은 별반 다를 게 없으므로 입맛에도 큰 차이가 없을 것이다.

그러나 상대가 귀족이나 고위관리라면 문제가 다르다. 그들을 상대할 경우는 요리만 만들어온 요리사의 지식으로는 그들의 취미와 기호에 맞추기가 어렵다.

다행인지 불행인지 대부분의 상류층들은 요리에 대해 의외로 무지하다. 또한 요구하는 것이 있더라도 유치한 정도에 불과하다는 것이다. 그런 경우에는 어물쩍 흉내만 내도 넘어갈 수가 있다.

그러나 머리도 좋고, 경제적으로도 풍족하며, 지적으로 갖추어진 사람이 요리에 대한 식견까지 구비하고 나타난다면 요리사는 도저히 지금처럼 느긋하게 앉아 있을 수 없을 것이다.

머리도 나쁘고, 지혜롭지도 못하며, 배우려 하지도 않으며, 그렇다고 천재도 아닌 요리사가 오늘날 요리로 밥을 먹고 살 수 있는 것은 어쩌면 행운이다. 머리가 뛰어난 사람들은 직접 요리를 하는 것에 크게 마음을 쓰지 않기 때문이다. 이는 미숙한 사람이 만든 요리를 미숙하지 않은 사람이 먹고 있다는 아이러니한 일이다.

여기까지 생각이 미치면 주객의 조화가 무너져버린 현실에 부끄러움을 느끼지 않을 수 없다. 그러고 보면 작고한 이노우에 후작처럼 미식에 정통하고 요리도 직접 하는 사람들이 다른 이들에게 요리를 맡기지 않는 것은 매우 당연한 일이다.

이런 사정을 모르는 사람이라면, 이노우에 후작이 평소에 칼질을 하고 간을 맞추고 멋진 그릇에 음식을 담는 것을 보았을 때 특이한 사람이라 생각했을 것이다. 그러나 아는 사람들은 너무나 당연한 일로 받아들이며, 후작이 자신의 삶에 충실하고 음식에 대한 취미와 기호가 철저했음을 인정할 것이다. 동시에 후작이 스스로를 만족시킬 만한 요리사를 구했지만 끝내 발견하지 못한 것도 간파하게 될 것이다.

결국, 음식에 대한 취미와 기호가 철저한 상류층을 만족시키려면, 비록 교육이나 학문을 갖추지 못했다 하더라도 그들 정도의 타고난 성질이나 기질을 갖추지 않으면 그들의 마음을 사로잡을 수 없다는 이론이 성립한다.

다시 인간의 문제를 언급하지만, 나는 '글은 곧 그 사람이다'고 했던 선인들의 말에 백번 공감한다. 요리도 무엇보다 인품이 갖추어져야 한다고 굳게 믿고 있다. 요리 이야기는 결국 인간의 문제로 귀결되는 경우가 많다. 그만큼 복잡한 것이 요리다.

모든 계층의 사람들에게 각각 만족을 주기 위해서는 각 계층의 요리도 잘 알아야 하며, 또한 어떤 상황에서라도 그에 적절한 요리를 만들어낼 수 있는 능력도 갖추어야 한다.

예를 들어, 한 가족이라도 노인, 젊은이, 남자, 여자, 어린이 등 여러 입맛으로 나뉜다. 게다가 배가 고픈 상황인지, 건강상태는 어떠한지 고려해야 한다. 계절마다 옷을 달리 하듯이 요리도 계절에 따라 변해야 한다. 따라서 안이한 생각으로 요리를 해선 안 된다는 점을 강조하면서 이야기를 마친다.

로산진의 마지막 제자 쓰지 요시카즈*가 들려주는 이야기

1 에피소드, 모든 길은 요리로 통한다

(…) 홀로 된 만년의 로산진 선생은 아침 식사가 끝나면 칠판에 요리 재료를 쓰고 그것을 보면서 점심에는 혹은 저녁에는 뭘 먹을까 의논을 시작한다. 장어는 에노시마江ノ島에 있는 어떤 가게에서 사고, 감자는 어디에서… 나에게 이런저런 지시를 하거나 함께 식재료를 구입하러 간다.

먹을 것에 관한 한 대단한 집념을 불태우는 분이었는데, 그에게 좋아하고 싫어하는 것은 없었다. 단지 맛있지 않으면 먹지 않는 사람이었다.

선생을 방문하는 사람들에게는 선물로 반드시 지방 토산물을 가져오는 것이 불문율이었다. 그리고 자주 들르는 사람은 선생의 취향을 알고 있었다. 어느 날 선생님이 '오늘은 아무개가 온다는 날이

---

* 쓰지 요시카즈辻義一는 일본다도 양 축의 하나인 우라센케로부터 출입을 허가받은 가이세키요리懐石料理의 명문 '쓰지토메辻留'의 3대 주인이다. 20세 때 로산진으로부터 요리를 배웠다.

지? 분명 대구를 가져올 거야'라고 중얼거렸다면, 그것은 백발백중이었다.

또한 어떤 젊은이가 특별하지도 않은 토란이나 채소를 가져와도 맛만 있으면 '저놈은 장래가 밝은 녀석이야', 반면 아무리 대단한 사람이라도 맛없는 걸 들고 오면 '세상 이치도, 아무것도 모르는 놈'이라며, 사람을 평가할 때는 오로지 선물의 맛이 있고 없음이 기준이었다.

2 로산진의 미각

언젠가 〈로산진, 식食과 미美의 혁명가〉라는 타이틀로 텔레비전 드라마가 방영되었다. 드라마는 자신의 혀를 만지면서 '그때 젊을 때 혀로 돌아가고 싶어'라는 말을 하는 장면으로 시작된다.

일반적으로 미각신경은 23세경이 정점이고 이후 쇠퇴한다고 전해진다. 그러나 한편으로는 50세를 지나지 않으면 진정한 맛을 모른다고 말하는 사람도 있다. 왜냐하면 젊을 때는 신진대사가 왕성하여 몸이 원하는 대로 먹는 경우가 많으며, 애써 다듬은 섬세한 미각신경을 사용할 여유가 없을 수도 있기 때문이다.

어쨌든 미각은 매일 하는 훈련으로 결정된다고 생각한다. 그런 점에서 로산진 선생의 맛에 대한 집념은 정말 특별한 것이었다. 그렇게 예민한 감각을 최대한 유지하고 계셨기 때문에 맛에 대한 자신감은 만년까지도 예사롭지 않은 특별함으로 유지하고 있었다.

3 로산진 선생이 그릇을 바라보는 시각

미식의 궁극, 혹은 정점을 이뤄내는 것이 로산진 선생의 그릇이다. 로산진 그릇의 진면목은 자신이 요리를 할 줄 아는 데 있었다. 거기서부터 '그릇은 요리의 기모노다'라는 명언이 탄생했다. 기모노着物는 추위를 막아주는 역할만으로 끝나지 않는다. 입은 사람의 개성을 두드러지게 하며, 보다 아름답게 보이게 하는 것이다. 따라서 그릇이 요리의 기모노가 된다면 그릇에 의해 요리가 끌어올려지지 않으면 안 된다는 점을 깊이 이해해야 한다.

젊은 날, 로산진 선생은 고미술품을 취급하는 '대아당미술점'을 열었는데, 거기에 오는 손님들에게 요리도 제공했다. 그때 미술점의 고도자기를 사용함으로써 특별한 평판을 얻었다. 그렇게 하여 당시 미식가들을 매료시킨 '미식구락부'가 탄생했고, 전설로 남은 요리요정 '호시가오카사료'로 정점을 찍었다.

선생은 지금까지 보지 못했던 요리를 내기 위한 그릇이 필요함을 절감했다. 그러나 그의 눈을 만족시키는 그릇이 없었다. 선생은 이렇게 토로했다.

"옛 그릇들은 훌륭함이 넘치는데 새로이 만들어진 것들은 왜 이렇게 초라하기 이를 데 없는가."

그렇게 자기의 요리를 위한 기모노는 자기가 만들어야 한다고 마음을 굳히게 되었고, 가마쿠라에 가마를 짓기에 이른다. 그로부터 본격적으로 로산진의 그릇이 시작되었다.

서도, 전각으로 이름을 날린 로산진이 도자기에 입문한 것은 가나자와金沢 야마시로에서 활동하던 스다세이카와의 만남으로 비롯되었다. 도예가로서의 작업이 시작되었다고 할 수 있다.

선생의 방법은 철저했다. 즉, 로산진 요리의 철저함과 당연히 일맥상통한다. 그의 그릇 제작 방법은 마치 요리할 때 식재료를 수집하는 것과 같았다. 철저하게 따져 골랐다. 이로에色絵는 교토, 시노志野나 오리베織部는 세토의 가토 사쿠스케의 흙과 유약을, 비젠備前이라면 당연히 비젠 지방의 흙을 찾았다. 흙, 유약뿐만 아니라 사람마저도 탐욕스럽게 모집했다. 훗날 일본도자기 국보가 되는 아라가와 도요조도 그중 한 사람이었다.

처음에는 물레 성형이나 기본적인 것은 숙련된 사람들에게 맡기고, 그림을 그려 넣거나 마무리는 자신이 했다. 그러자 세간에는 '로산진은 그림만 그릴 뿐 도예가라 할 수 없다'는 소문이 돌았고, 당연히 로산진의 귀에 들어갔다. 도자기 연구에 정진하던 선생에게 이 지적은 뼈아프게 다가왔다.

결단을 내렸다. 자신이 발행하던 잡지에 글을 기고했다.

"그림만 그려 넣고 나의 이름으로 사인을 넣은 것은 사기행위였다. 세간의 지적처럼 지금까지의 작품은 공동작이었다."

선생은 솔직하게 스스로에게 징계를 내렸다.

이후엔 기본부터 철저하게 시작했다. 그렇지만 도자기 작업이란 게 혼자서 모든 것을 할 수는 없다. 그럴 필요도 없다. 그래서 누가 하더라도 꼭 같은 작업은 직인을 시켰다. 예를 들면 같은 크기의 접시, 사발이라면 말이다. 하지만 그림이나 디자인은 다르다. 그리고 자신이 손을 댈 적절한 때를 기가 막히게 찾아냈다.

선생의 수법은 매우 독특했는데, 성형된 기물을 자기의 생각대로 줄이거나 잘라내기도 했고, 두드리거나 깎아내기도 했다. 어쨌든 선생이 손을 대기만 하면 평범하던 성형물이 숨을 쉬고 약동하기 시작했다. 또 선생의 손은 매우 부드러웠는데 마치 어린애 손을 그대로 크기만 늘여 놓은 것 같이 특유의 부드러움을 가지고 있었다. 그의 풍채에 어울리지 않는 손이었고, 마치 마술사의 손과도 같았다.

이렇게 기물에도 로산진만의 개성 혹은 힘과 품격을 불어넣고 누구도 흉내 낼 수 없는 독특한 개성을 확립했다. 나아가 거기에 구상한 대로의 그림이나 유약을 입혀 로산진의 그릇이 탄생하게 되었다.

요리를 담은 그릇,
그릇에 담긴 요리

두부 요리
임지호

그릇
회령유 사발, 신한균

사진
진보현

아구 대가리 요리
임지호

그릇
회령유 판상, 박영봉

사진
진보현

완두콩 조림,
아구간 조림, 알로에
임지호

그릇
회령유 판상, 신한균

사진
진보현

돔 구이
쓰지 요시카즈
(기타오지 로산진의 제자)

그릇
오리베 부채모양 발,
기타오지 로산진

사진
시모무라 마코토

새우, 우엉 요리
쓰지 요시카즈

그릇
오리베 사발,
기타오지 로산진

사진
시모무라 마코토

채소절임
쓰지 요시카즈

그릇
비젠 사발,
기타오지 로산진

사진
시모무라 마코토

갯장어와 은어스시
쓰지 요시카즈

그릇
비젠 발,
기타오지 로산진

사진
시모무라 마코토

우렁이
쓰지 요시카즈

그릇
세토 철유무코즈케,
기타오지 로산진

사진
시모무라 마코토

토란과 청어
쓰지 요시카즈

그릇
아오유 발,
기타오지 로산진

사진
시모무라 마코토

로산진의 칠기 그릇

로산진이 제작한 가나자와 구타니
도자기 스다 세이카 가마 간판

로산진의 '겐잔풍' 화려한 사발

청화백자 복자 접시 세트, 기타오지 로산진

우주유 오목접시-푸른별의 눈, 최현대

파스타
서정희

그릇
우주유 접시, 최현대

사진
김수복